己丑仲秋

文月林题于禅城

勤学务实

务实

温少安作品集

世界建筑导报社 编著

辽宁科学技术出版社

前言 PR

温少安不容易。从一个学画的小孩一路走来，
义上讲，他也是有一定典型性的。回想过去这二十
步的时候，还给我当过模特。温少安自幼有艺术天
为他是广东人。他从小就在我这个圈子里长大，不
了他幼小的心中。考进浙美（现中国美术学院）以
了把他从艺术思维拽进设计思维，他所受的基本功
了，进步了，成长了，成熟了。

从一个努力学习的学生到一个成熟的设计师，
长，我们回头看看他的历程：从基本功训练到实际
但是，言之有物的学习总结、设计总结是有益于学

EFACE

今，又能独当一面，主持大小设计活动，从这个意
年，温少安在我这里受的折磨可不小，他甚至在学
，他京戏唱得好，方言一学就像，不知道的人还以
是好是坏，艺术的影响，艺术的追求，早早就埋在
，相对于其他学生而言还客气点，对他则不然。为
练，几乎可称为魔鬼式训练。所幸的是，他挺过来

看他也劳心劳命二十多年。虽说，未来的路还很
品——很有必要，也很实事求是。我反对炒作，
者、设计者的，期望温少安先生更上一层楼。

吴家骅
2010年2月

壹 学艺篇

文章 / 作品

贰 探索篇

文章 / 作品

叁 创作篇

肆 实践篇

伍 案例篇

师弟温少安

　　与少安同龄，但他是我的师弟。1987年第一届室内设计（环境艺术）专业毕业的我，比他提前一年走出了浙江美术学院（现中国美术学院）的校门，有幸的是我俩都是中国美院环艺系创始人吴家骅老师的第一代学生。当年我们血气方刚，不知天高地厚，不屑在艺术学院居然还有用矩尺搞感觉的专业……一晃12年后的1999年，在北京香山举行的中国室内设计年会上，某人一个健步跃上了主席台，字正腔圆地对中国当代环境设计的现在和将来作了好一番激情陈词，全场哗然得不得了。此人即师弟温少安。果然，2000年的第十届中国室内设计年会在他的所在地广东佛山得以成功举办。

　　很高兴受师弟之邀让我凑合写几句。当我翻阅完书稿后，还真的吃惊于他这些年居然储蓄了那么多的感受，那么多的积累：国、油、版、雕、书法、写生、草图，样样俱有……看来出这本集子他是蓄谋已久了，是做足了功课上场的。我们这一代在成长的过程中曾经切记着"长大要做一个对社会有用的人"这句经典教导，我们带着基本功走出了校门。我们曾一次次地在挫折中被社会告知仅凭灵气和运气是行不通的，所以少安对勤学务实的理解之深刻也是我们这一代同学同仁以失败成本所换来的共同体会。想起吴家骅老先生20多年前的一句口头禅"没有金刚钻，揽不了瓷器活"，看到今天少安的这本《勤学务实温少安作品集》，让我记起了一句歌词："不经历风雨，怎能见彩虹……"

　　都快五十的人了，我们都曾努力过了。除了设计，除了进取，我们还有很多的生活有待去体验和有待去完善。要像少安一样画画写生、练练书法，整理一下抽屉、梳理一种状态、总结一些经验，努力成为一个问心无愧自得其乐的人。

　　现在，如果有人让我凭印象描述一下少安的脸部特征，那就是他的调侃与表情配合，眉毛和眼睛之间弹性强烈无比。这可能就是人们所说的感染力：煽情、幽默、热情、睿智。

陈耀光

2010年1月于杭州

藝術的台灣

少安兄、識淺而交深、識淺:因我们認識時間又長、交深、緣於我们的方向是一致的、同樣對藝術有着強烈的追求、亦緣於我對少安兄的空間設計極其贊賞、其作品中的傳統文化與現代觀念絲絲入扣的融合與台灣、空間的錯落、轉折中沒有過多的枝節、看着讓人舒服、舒服之余、讓你有無限的想象空間、似乎在穿越着時間與历史、但更令我嘆服的是、看少安兄設計以外的作品、如國畫、書法、設計草圖、攝影作品及藝術品收藏、真令人大開眼界、原來一個人業余間遇可以把這幾種藝術門类把玩得如此純粹精致、如此不落俗套、如此個性鮮明、如果沒有對藝術認知有着深刻的感悟、仅凭手頭上的招数及技巧、萬難達到如此高度、可見少安兄的藝術素養、我是無論如何也難以趕上了、佩服、佩服。

2009. 12. 9. 封偉民

工艺美术大师

话说少安

第一次听说少安兄要出《勤学务实　温少安作品集》这本书的时候是在2004年12月的一个晚上，地点是在北京友谊宾馆西餐厅，那天他很激昂，他说要把自己这些年对设计的认知、感悟、心得和所思考到的、所遇到的，无论是成功的也好，挫折也好，写成一本书介绍给大家，对自己来说是个总结，对大家、对同行、对朋友来说是个共勉；那天晚上我们一伙四人聊得很晚，谈设计，谈概念，谈实践，谈现况，谈将来，总之，聊了很多，行内的、行外的、有用的、没用的，天马行空，直至次日凌晨3点多……

最初认识少安兄应该是在2001年的5月吧，是通过参加一个设计竞赛认识的，在这不算长不算短的八九年里，我们从偶然的相遇，必然的相识，到自然结下了深厚的友谊，并且成为了好朋友，源自于他的专业水准，也源自于他的人品和他作为设计师的社会责任感和历史使命感……

作为设计师，自己提高了只是其中一个方面，还希望通过自己的努力和影响力引导大家一起提高，这才是更高的思想境界，在这方面他做得尤为突出，且卓有成效；每年，他领导下的佛山专业委员会在华南地区举办多项组织活动、学术沙龙、设计竞赛等，通过拉练，起到了"锻炼队伍，发现新人，扩大设计师的社会影响力，进而引导行业的健康发展"的作用；佛山地区虽不算大，但在学会历年的设计大奖赛中，佛山专业委员会的设计师都取得不俗的成绩，这与佛山地区形成良好的学术氛围是分不开的，同时也是对他组织专业委员会工作的最佳肯定。

我想，除了高专业水准和艺术修养之外，他那种作为设计师的社会责任感和历史使命感也是使很多设计师对他钦佩的原因，愿中国出现更多高水准、富有社会责任感和历史使命感的设计师和领头人。

作为朋友，得以先睹为快，此书是一本好书！相信在未来的设计生涯中，少安兄会迎来更多的掌声和喝彩！

李栋华
2010年1月

自 序

千里之行，始于足下；设计之局，握于手中。

引用"千里之行，始于足下"这句话作为开场白，并无舞文弄墨之意，更不敢乱用老子之言来吓唬人，而是觉得徒手这种工作状态是最初级的，"即兴式"从徒手工作开始做起，其形式可以是图，也可以是各种材料制作的模型，它对表现主题来得很直接，也很快速，其形式疏朗简练，的确显得朴素并有实效。

身处佛山，看看一代宗师黄飞鸿，男儿当自强，设计师们也应当自强。优秀运动员的黄金年龄在25~28岁，30岁以后就被称为老将，而一个设计师的最佳年龄是45~55岁这十年。余1988年从原浙江美术学院毕业，转眼二十年已过，记得80年代看见人都叫师傅，这几年都改口叫先生了。喊声某某先生让听的人感觉自己有文化，喊的人也很有修养，而师傅像是对干体力活者的称呼，看来多数人还是喜欢"劳心者治人"而不愿"劳力者治于人"。可设计师是有时劳心，有时劳力，有时治人，有时治于人。常说"四十而不惑"，可48岁的我觉得困惑无时不在。综观设计之全局，或者说面对困局首先从徒手草图入手，用一句时髦的话："思路决定出路"，如果这句话是正确的，其实徒手草图如何将决定结果如何。其实徒手草图，近来挺吃香的，被行内人称之为手绘。其实电脑图也是手绘，都是受大脑指挥，一个用钢笔表现，一个用鼠标表现，只是电脑来得不快、不直接，尤其是作为构思和记录；徒手则可以成为最直接、最重要、最方便、最得力的工具。即使采用最粗略的徒手草图也能明白地表达某些口述和笔述不能表达清楚的问题。有很长一段时间很少动手，基本上属于被电脑废了武功的那类人，直到近两年才开始重新拾起手绘。这些年，与设计师们一样在案头画的、写的，主要是给助理设计们看，由他们完成CAD，后作成效果图，并无太注意图面的可观性。有一次交图时间已到，来不及建模了，设计师们把草图扫描进电脑略加处理，效果甚佳，并深受业主尤其是评审组的好评。去年，他们竟在一个道路改貌工程投标时大量使用了我的徒手草图，在40多幅效果表现图中，我的徒手草图占了八成，还被评上了第一名。对我们这批喜欢用钢笔的人来说，面对已成为绘图工具主角的计算机时代，这一消息让我受到了很大的鼓舞，使我长期处于迟钝状态的大脑开始了兴奋，开始了思考。也许是被电脑效果图真实的质感惊吓得太久，也许是兴奋过度引发精神过度膨胀，一直是想法多多，但总也找不着北。直到徒手草图得到行外人士的认可，最近，众多设计师同仁看了这批草图大为赞赏并复印带走，都说有这手活的人越来越少，赶紧出本书吧。在他们的鼓励下，便顿生整理这些草图的想法。也基于再学习、再提高，壮大徒手思考的设计师队伍的心愿，冲动过后便开始了精心准备……

我们这代人遇上了经济高度发展的时代，发展速度之快无法比拟，大家普遍存在着追求经济增长的心态及"赞誉"财富和"成就"的声音。这可能会成为我们这代人历史性的遗憾。

广东有句话叫"讲数"，意思是谈价钱。讲定数口未啊？是问你谈好价钱没有？讲数这句话在设计师队伍中，一介书生在客户面前难以启齿的大有人在，由于内地设计起步较晚，广东设计师在全国各地备受青睐，"幼稚"的室内设计行业用"幼稚"的眼光审视着依赖着广东设计师，虽然不是"慢慢地随着你走"，但一走便是十年。第一桶设计之金毫无疑问地装进了广东设计师的袋子里。然而，奇怪的是这些有着发了财不被人所知的内向型性格的广东设计师们，在80年代便成就了一群人和壮大了几个公司。

时至今日，这个设计的南大门竟然再度使人联想起被辱称"南蛮"之地的尴尬之局，商业、务实而低调。"敢为天下先"的广东设计师有人不承认落后了，有人则疾呼应反思、应求变……

我认为我们是否应该考虑——重新出发。

回想1981年改革开放的春风初起，那时我们不懂讲钱，当时讲的是"五讲四美"，人心很纯朴，会讲钱的没几个，当然了，那时有钱的也没几个。

考美院落选两次了，周围的兄弟们都急着进美院，争抢把"学工、学农、学军"时代遗失的文化知识恶补回来。当时我们这批60年代出生的人，随着改革开放的春风背着画夹子，满街跑着画速写。而此时此刻的广东已悄然兴起了"装修"二字，国内其他省份还没有室内设计这个专业，更没有设计师这个群体和孕育设计师的土壤。另外，北方家长教育小孩时虽然常说"学好数理化，走遍天下也不怕"之类的话，但精打细算谈买卖的概念很淡薄，而广东则不同，除了海外经商的亲戚们，本地区做买卖的家庭也很多，家族生意很兴旺，潜移默化、言传身教地使广东孩子们从小就有机会感受生意经。如今市场经济无处不在，加之内地文化底蕴深厚，会讲的、会算的、会经营的人越来越多，大都围绕股票、基金、房产等投资增值。经济增长引发了全民"讲数"的潮流，在改革开放背景的衬托下，在20多年的经济增长中，催生出了几十万设计师和众多设计企业。这个特殊的群体，他们个人综合素养与价值观各异，但在"讲数"这个节点上出现了共同的声音。设计师与设计公司年收入几百万、过千万，甚至香港某设计师在内地设计费收入7000多万也不足为奇。

如果不是"集装箱"式打包运作，单靠公司的核心设计师主创方案，参与施工图技术把关，现场服务到位，如何做出几千万的年度设计费收入？但凡公司规模及从业人数过百甚至更多时，不用说每个项目都过目了，许多项目，或者说员工在做什么，公司核心人是不知道的。由于精力有限，无论怎么勤奋也只能是抓大放小了……静心思考，我们需要一个静心反思的心态，让那些玩资本运作买卖的专业人士谈钱讲数吧。讲设计费很有限，或者说我们所有人都在闷头扒分的时代，"沉得起，憋得住"，分析这个从无到有的行业轨迹，总结梳理我们的行业特征，用最简单直接的方式锁定我们的思想中真正有价值的东西。遥望当年，"诸子百家"形成时的历史背景，纵观当今，模糊不清的设计"界面"，不正是我们大胆创新留下印记的最佳时机吗？

我毕业于80年代，可以说是见证了中国室内设计行业的发展，20年来，全国各院校培养一批批的室内设计新生代，据不完全统计，目前我国就有几十万从业大军，并且还在不断地壮大。人多、活多，活也要快，于是手机快、短信快、网络更快，可"萝卜快了不洗泥"，我还是留恋当年写信时等待回音的感觉。等待的味道、等待时的想象、期盼很美好，而今没有了这种等待，也就没有了这种想象和期盼。虽然从业人多，市场庞大，但应不急、不躁、不求多、不要大，静下心来从凡事、小事做起。我认为大事难办、小事易成，只要不断做成小事，自信心一次次得到增强，以后必成大事。我们看一看"赢"字的偏旁解释，"亡"表示让敌人灭亡；"口"各种形式的对话，口又是储存的井；"月"代表时间、计划；"贝"代表财力；"凡"指从平凡的小事做起，并要讲计谋。从中不难发现，若要赢得胜利，必先从小事做起。我们一生能有多少时间，多少精力是可以算出来的，不应用有限的精力去面对无限的需要，要主动地有意识向那些本不属于自己的东西说：不。而不是什么都想要，要的越多，付出的代价越大。

汶川地震，作为设计师的我们值得反思的是近年来的注意力及设计的立足点和设计的目的很少有我们生存空间的安全问题，或者说我们忽略了人生存本能的基本需要。让我们在学术界的各种"主义"面前，应稍微停顿一下，重新梳理一下我们的空间内涵和建筑安全等问题。

作设计时常被问及："为什么？"现在我问自己为什么编这本书，回答是为了表达设计应勤于思考，勤于动手，使有内涵、有价值内容的徒手草图得到更好的深化和进步，在这书中是我一些肤浅而粗略的思考文字记录、图形资料、工作笔记、设计说明等和这些年来工程案例的徒手草图及学习资料，我把它们放在一起，发现这些基础知识和设计案例以外的资料能给我们今天的工作提供了强有力的补给，为我整合设计、管理设计带来了很多便捷，成为我大脑细胞和行为肢体的主要营养。回顾我们的学生时代，强烈地意识到在校学习的设计基础知识直接或间接影响着我们今天的设计构思。

同时，这本书也起到一个抛砖引玉的作用。之所以叫《勤学务实》，更是为了强调勤思考、勤动手的观念，尤其是"务实"这二字，今天看来对设计师而言，更有着特殊的意义。判断力、预测性、可操作性等是我们解决问题的关键所在。这本《勤学务实》如能对新一代设计师起到激发积极思考的作用，我将感到十分欣慰。在此，特别感激训练我们徒手表现的吴家骅先生，是他一板一眼、身体力行，在他充满激情与内敛功力的徒手表现图的感召下、我也练就了这手"绝活"。2008年是母校中国美术学院80周年诞辰，也在此为培养我们付出心血的所有老师致谢！书中不周之处还望师长及设计同仁们给予指正为盼！

温少安
2010年2月于禅城

INFORMATION

设计师资料

1.教育经历：1988年毕业于中国美术学院环境艺术系

2.工作范围：环境与室内设计
工作经历：

2009年	佛山市轨道交通发展有限公司顾问
2008年	《中国室内设计年刊》编辑委员会委员
2008年	成为"东鹏杯"东莞室内设计大赛评委
2007年	成为中国庐山"总统家网"杯建筑草图大赛评委
2006年	中国(上海)国际建筑室内设计节特邀专家
2005年	成为IFI首届国际室内设计大赛暨2005年"华耐杯"中国室内设计大奖赛评审委员会委员
2005年	个人及公司成为2005英皇卫浴战略联盟合作体
2005年	个人及公司成为鹰牌陶瓷有限公司设计顾问
2004年	中国建筑学会室内设计分会专家委员会委员
2003年	担任《中国室内设计师品牌产品手册》专家委员会专家
2002年	在西安亚洲室内设计联合会第二届年会上作为国内部分分会学术主持人
2002年	应邀参加"2002中国佛山国际陶瓷博览会"，并著有论文《建筑陶瓷色彩设计与室内空间》
2002年	当选为佛山建筑业协会装饰专业委员会秘书长
2001年	经学会常务理事会批准成立中国室内设计学会佛山委员会，并成为佛山委员会会长
2001年	创办佛山首届家居室内设计大赛至今连续7届并成为华南区设计大赛评委
2000-2002年	连续承办中国室内设计大奖赛参赛作品并在佛山市图书馆与百花广场4B楼与百姓见面，对作品进行点评，提高市民的审美情趣
2000年	承办中国建筑学会室内分会第十一届(佛山)年会，当选为学会理事
1999年	创办个人设计公司
1997年	成为中国建筑学会室内设计分会会员
1988-1994年	就职于佛山建筑设计院任建筑师

3.社会活动职务：
①中国建筑学会室内设计分会常务理事
②中国建筑学会室内设计佛山委员会会长
③佛山市城市规划委员会委员
④佛山市建筑业协会装饰专业委员会副会长

4.作品发表:

2007年　　作品入选《中国室内设计年鉴》

2007年　　作品入选《中国室内设计年刊》第10期 特刊

2006年　　作品入选《2006广东室内设计年鉴》

2005年　　作品入选海峡两岸三地室内设计优秀作品集

2003年　　作品入选《中国当代室内艺术》，作品多次入选2000年-2007年
《中国室内设计大赛优秀作品集》，多次入选《中国室内设计年
刊》，作品入选2002年第9期、第10期《家HOME》

2002年　　在中国佛山陶瓷博览会国际陶瓷论坛中主持了国际陶瓷艺术研讨
会论坛，入选论文集

2002年　　作品入选亚太室内设计大奖作品集

2002年　　论文《建筑陶瓷色彩设计与室内空间》选登于《国际建筑陶瓷
设计及运用研讨会论文集》

2001年　　文章《封闭型室内空间视觉环境设计探讨》入选《2000年佛山年
会暨国际学术交流会论文集》

5.头衔:　　全国建筑与室内设计师俱乐部领导小组广东联络处顾问
《室内设计与装修id+c》杂志编委
珠海市室内设计协会常务理事

6.荣誉:

2008年　　建筑空间摄影作品展银奖

2005年　　现代装饰(国际)室内设计传媒奖年度优秀设计师奖

2005年　　佛山祖庙路改貌设计获城市规划综合评审第二名

2004年　　中国室内设计大奖赛二等奖

2004年　　首届中国室内建筑师十大年度封面人物

2003年　　"欧神诺杯"中国室内设计手绘表现图大赛优秀奖

2002年　　入选2002年第13届西安年会中国名设计师走廊

2002年　　论文《建筑陶瓷色彩设计与室内空间》选登于《国际建筑陶瓷
设计及运用研讨会论文集》

2002年　　亚太区室内设计大奖优秀奖

2001年　　佛山大浩湖梁氏住宅获中国室内设计大奖赛优秀奖

2001年　　第一届"吉象e匠"大赛绿色田园提名奖

2000年　　《原本书社》巴斯夫杯室内设计大赛佳作奖

1999年　　"深圳国信证券有限公司室内设计"获中国室内设计大奖优秀奖

1987年　　建筑画《屋面俯视》入选《全国建筑画展览》，参展于中国美术馆

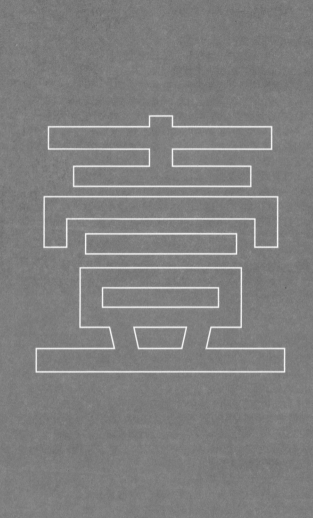

壹

学艺篇

感悟"学以致用"

有目的并带着问号学习是成熟之举，而当听说许多20年前大学的同学，而且还是学习成绩不错的同学改行的消息时，很是为他们感到惋惜，此时常说的学以致用便成为了一种理想，一种愿望，甚至是一种年轻时的回忆……

而今，当再次看到朋友们对我的母校——中国美术学院，投来羡慕的目光时，感悟到肩膀上扛着最高艺术院校的金色招牌。在这个有着80年教学历史的教育背景下，我们这批人在中国的建设浪潮中有了极大的生存空间和肥沃的土壤。

在学艺篇中记录的多数是课堂作业及从课外阅览室各国书籍中摘录的资料。

从中感觉到，或说，是触摸到了"学以致用"的真正含义是为了应用而学习。

回　顾

上三代人去闯关东，而我们这代人80年代来广东，这几年毕业的小兄弟们好像都喜欢去浦东，这正印证了那句老话："三十年河西，四十年河东。"简单看人生存与候鸟也相差无几。追逐幸福、谋求发展是每个人的根本心愿，近年来这种心愿更加强烈。

说来有些无奈，在美院时的学生时代和我们刚刚毕业的时候，创造的欲望是最饱满的，但一旦踏入社会，尤其一脚踏进建筑设计院，没有经验、技术不成熟等问题便缠绕我们，还记得当时一个留长头发的艺术院校毕业的后生仔，出门被介绍说，这是我院刚来的美工。当你的生存出现危机的时候，你会作出什么选择？况且我的施工图当时完全是个空白。于是艺术的思考便被迫让位于技术上的研究。确实，从某种程度而言，我们是在放弃自己擅长的内容，但在设计中技术确实关系甚大，它关乎原创许多实际问题，如工期、投资额度大小，关乎原创设计是否能够实现等，而在我们的学校教育中，我们对于技术方面关注的比较少，补上这一课就显得尤为必要了。作为一名成熟的设计师，我们应该有能力解决技术问题，只有这样，我们的创造才能够更快实现并为人所接受，说服力也会更强。但这并不表示我是技术至上主义者，我深知原创设计是最有价值的，我们应该在具备艺术创造能力的前提下，增进自己对于技术和可操作性的把握。

因此，这类课程成为了我们精神骨架中重要的支撑点之一。如基础课设计素描所强调表现的那些看不见的东西，现实中存在的东西并不一定都看得见，看不见的也实实在在地存在着。设计素描靠线条、力动关系、交错关系，表现复杂的结构。所以，学习设计素描的目的在于对空间和立体的想象。这一基础课直接指挥着我们的大脑对建筑空间的构想。

回顾我们的学生时代，每个人都曾有过课堂上记笔记的好习惯。可这个习惯当时并未刻意训练我们快速记录的意识成为具有强烈"拥有欲"和"收藏家"的心态，去面对收集设计资料，用心分析，以归纳、贯通、理解的状态进行工作，从中将这些运作成熟和有价值的资料转化成武装自己思想的武器系统。因此，希望新一代的院校学生重视并珍惜这一快速记录的好习惯，为日后图谋生计有所作为，打下良好的"资料"基础。

屋面俯视（1987年入选全国建筑画展）

线、形、细部、光与影、构图都是最基本的基础，只有基础扎实了才会对以后的创作有更好的帮助。一张草图，不管用什么工具，有时候只是快速地表达我们的一个设计思维，初学时可以临摹一些好的作品，临摹是一种非常好的学习方法，重要的在于弄懂方法和道理。

帕特农神庙
工具：炭笔

电报电信大厦
工具：炭笔

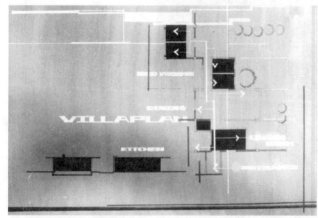

图形思考的课后练习——光影分析

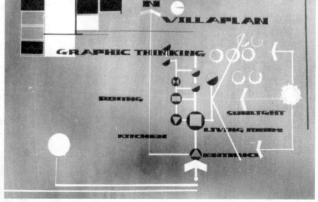

建筑中光与影的表现

工具：钢笔、牙刷

工具：钢笔

毕业词

　　1988年，我的毕业设计命题是浙江美术馆——建筑及室内设计，然而今再看这张毕业设计时，陈旧而褪色的画面中却清楚写着"展厅剖透图"，我不相信命运，而巧合的是展厅设计伴随我多年，之后可能还将继续……

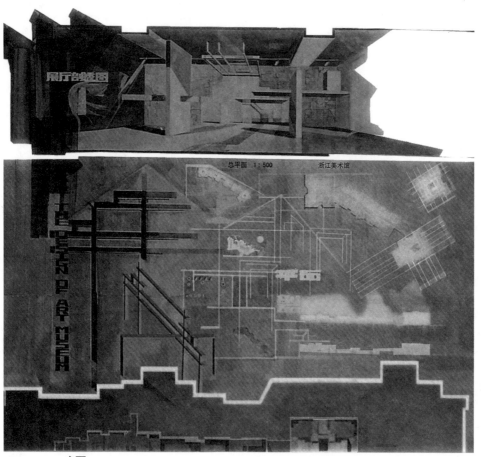

立面

图画

作为一种设计语言，包括色彩、明暗、线条、肌理、笔触、质感、光感、空间、构图等多项造型因素，作用在于将各项造型因素综合地或侧重单项地体现出来，材料的性能充分提供了在二度平面底子上运用的可能。

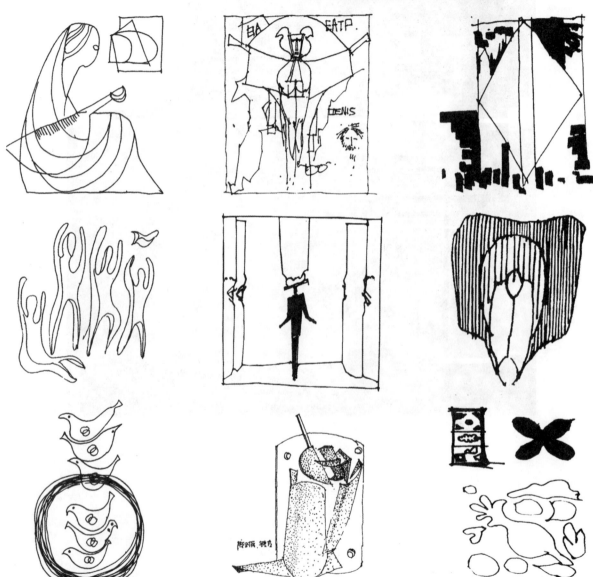

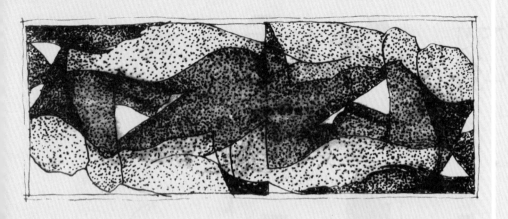

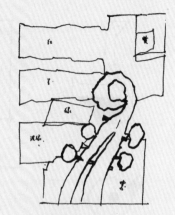

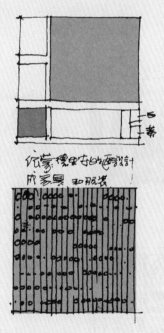

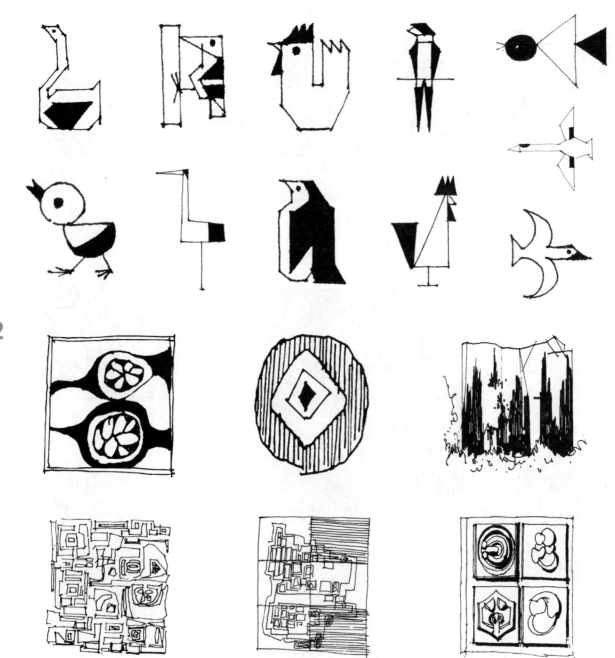

打破传统的时空概念，表现形体内在的看不到的结构；在平面绘画中，把自然形体分解为几何切面，然后将它们互相重叠，极力夸张变形，任意组合或同时展现无数个面；客观世界在立体派的作品中是分裂的、肢解的、零散的，全然不顾对象的具体形态。

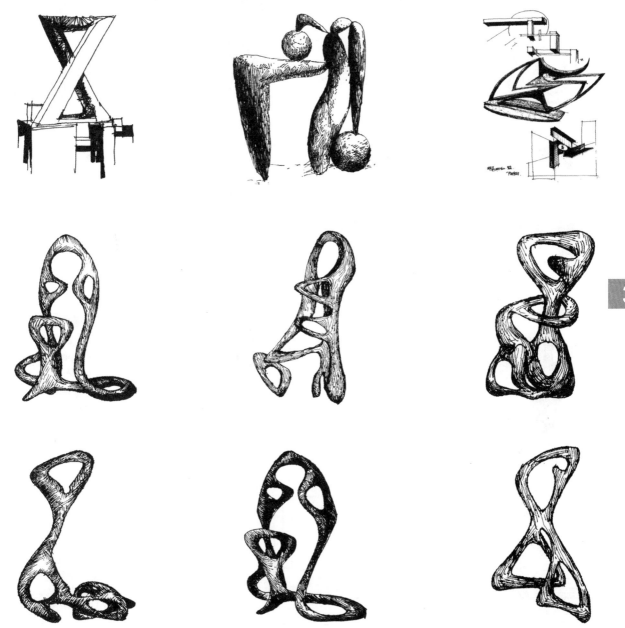

33

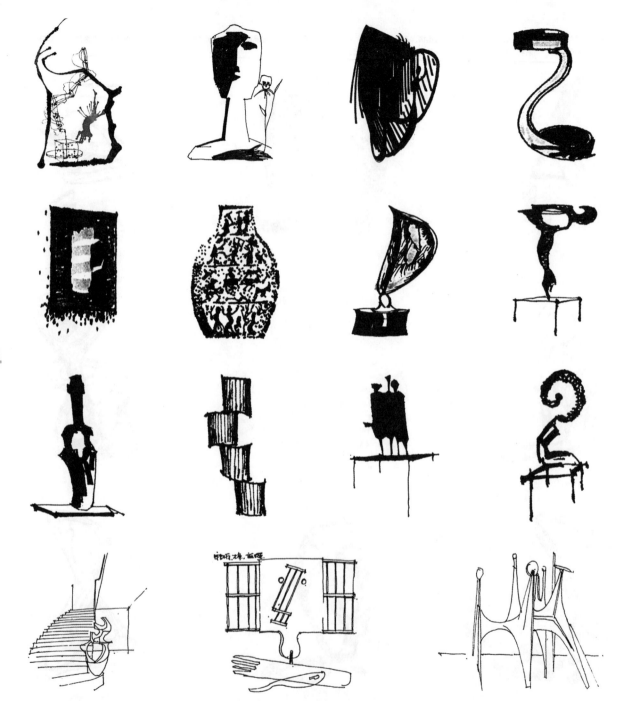

34

设计的点、线、面等形式因素的有效应用，是使空间产生丰富而生动的表现效果的重要条件，线与面相结合表现形体的方法，具有特殊的绘画效果。本页中的线形构成是点缀空间、构成的单体图形的集料，希望这类资料能为大家开拓视野起到作用。

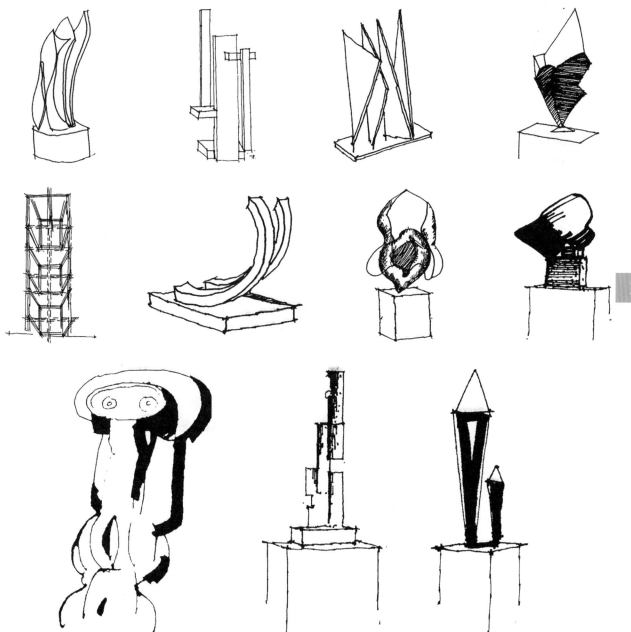

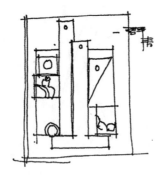

36

"明和点" 公园旁边上
要虑到周围环境的需要,具有园林雕刻的特色.

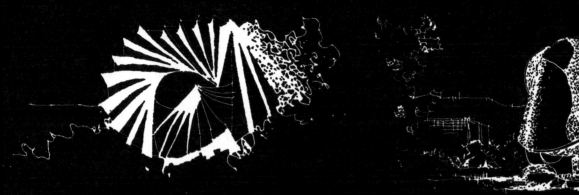

工力发性围绕看里

日·地铁通风口.

屋水可雕塑的遇与围动作我身装把
虱(我和时的软管毛.
从大车小·树后感觉不.

图　画

我们上小学时有门课叫图画，老师在黑板上用粉笔画静物，同学们在下边照葫芦画瓢，画得像的得优秀，不像的作业上被封称为一般，由于这门课是辅助式教育，所以每个同学都很快乐。图画课总是伴随着欢声笑语和随心所欲的时光而度过。而今，很少有人再提起这两个字，这门课程在女儿的成绩单上印的是"美术"两字。

此刻，图画两字的组成就另有其含义。图，地图、工程图。画，国画、油画……一个讲求功能、技术，而另一个则偏重艺术，一个主要是满足自己，另一个则满足他人。画中总是充满了不断的偶然，图中却表达了许多必然，这种因果关系组合起来很有意思。用图画两个字来诠释徒手草图的工作状态，是较为形象而准确的。因为徒手草图反映的设想，是思路，是创作，是构思过程的辅助性表现，所以其技术性层面大于艺术性层面。随着年龄的增长，也许是图画课上得高兴过头了，特别喜欢图画二字，并对这两个字的组合情有独钟。图，图谋，是开始构思良好状态与谋略策动相联系。画，边想边画。既是图又是画，图中有技术，画中讲艺术，二者紧密结合、相互影响、融合触动。

有位书画家这样描述图画："画是画家作画时的心电图。画中的线全是一种心迹。心有柔情，线则缠绵；心有怒气，线也发狂。心境如水时，一条线的笔尖轻轻吐出如蚕吐丝，又如一串清幽的音色流出短笛。图画，可称作图谋与构画，在设计经历的初作阶段，在处理和表现之间，我们的精神是振奋的、自我的。我想所谓能者，就是在工作中能够从自己身上找出最有价值的东西，然后尽力渲染它、放大它，就像《士兵突击》电视人物许三多常说的'做有意义的事'，并'不抛弃、不放弃'。"一幅小小的图画就有这么多话，好像又上升到了某种高度，会不会有些大了？

这些年，常觉得自己进入了大脑的成熟期，或者说所想的东西多了起来。虽然时常会受膨胀的占有欲望诱惑，多数时间又刚好锁定了、自足了，并总想着悠悠然地对待图图画画了。

图 形

我们学习过图形思考(GRAPHIC THINKING)这一术语，描述的是伴随速画的思考，在建筑艺术中，这种类型的构思往往与方案的概念性设计阶段相联系，而方案本身的思考与速写紧密联系在一起工作，以此来促进构思的发展。通过重思建筑设计史，社会视觉传达的影响和设计与设计师的作用的新观念，就会促使我们对这种思考形式有兴趣。

严格地说，对于图形思考在建筑中其传统力是很强大的，只要仔细查看一下达·芬奇(LEONARDO DA VINCI)笔记本的复制品，其间反映出的能动的思考过程就会使我们很吃惊。离开达·芬奇的图画我们是不可能理解与分析评价他的思想的，因为图形与思考是统一的整体。这将诱导任何人有兴趣于图形思考，在如下三个方面看达·芬奇的速写草图。

1.一张纸上反映许多不同的想法。他的注意力，总是从一个主题转移到另一主题。

2.达·芬奇看问题，分成方法与尺度两方面，在同一页上总是透视剖面、平面细部和全景同时出现。

3.其思考是探索性的、无止境的，其徒手是自由的、活跃的，但都有个来龙去脉，旁观者则可参与其间。

这是何等精彩的一例，它反映的是思想的活跃，并以此作为发现手段而不是说服人。受建筑行业和习惯的支配，制图习惯从平面到剖面到立面变化，大约两个世纪是作为训练方法的基础的。随着美国大型建筑事务所的建立，以发展设计为目的的绘画与设计速写的运用被三度空间的模型逐渐取代了，进而随着先进性模型制作和职业性绘图的表现而衰落。虽说在历史资料中，寻找思考发展的速画往往是很困难的，但幸存下来的事例足以说明，在整个历史进程中使用徒手思索对设计师来说是共同的。

40

一百个人，一百辆车，一百棵树，一段练习，一段强化，一段记忆。

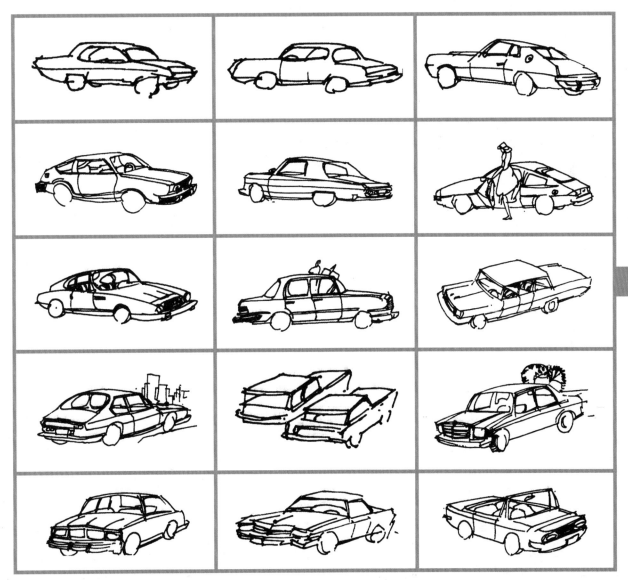

41

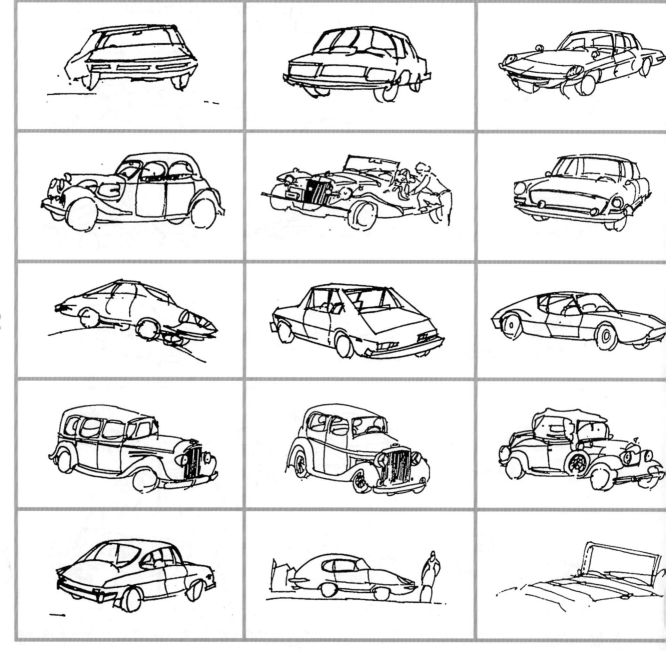

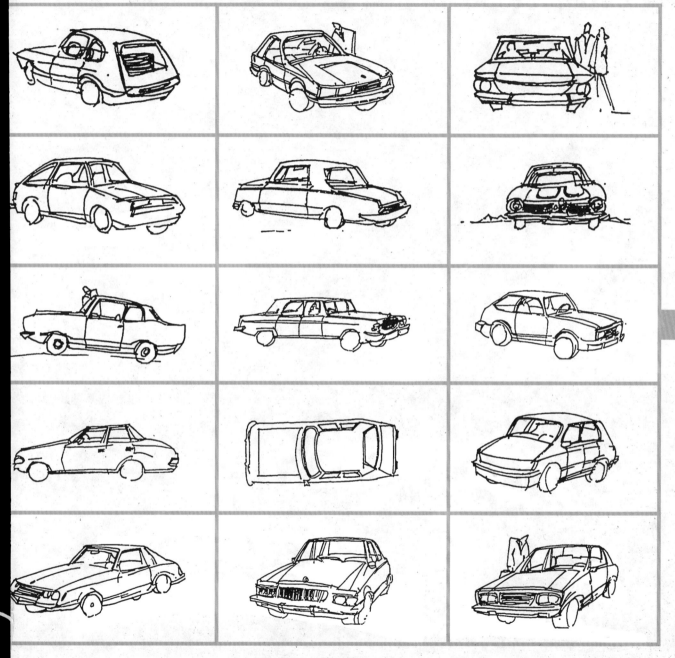

用笔肯定、快速，黑白对比强烈，在黑白对比中线与面结合到位是图的一个重要因素。

44

平时随意性的一些习作，也是灵感创作的一些素材收集，随着思维的散发，有
时候可派得上用场。

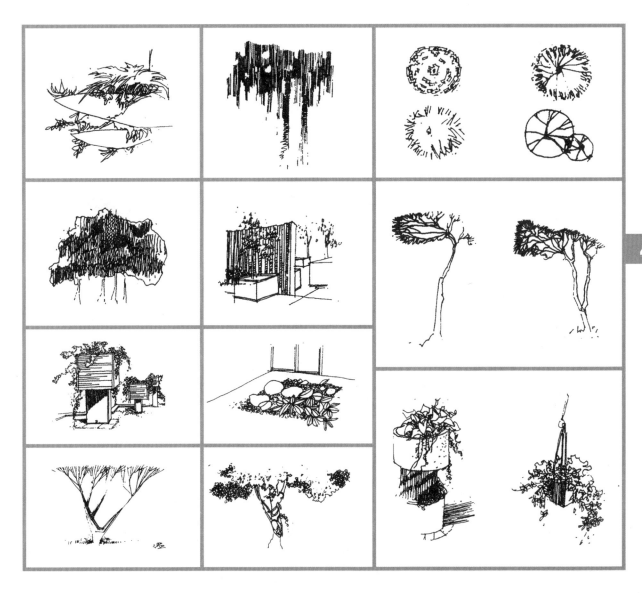

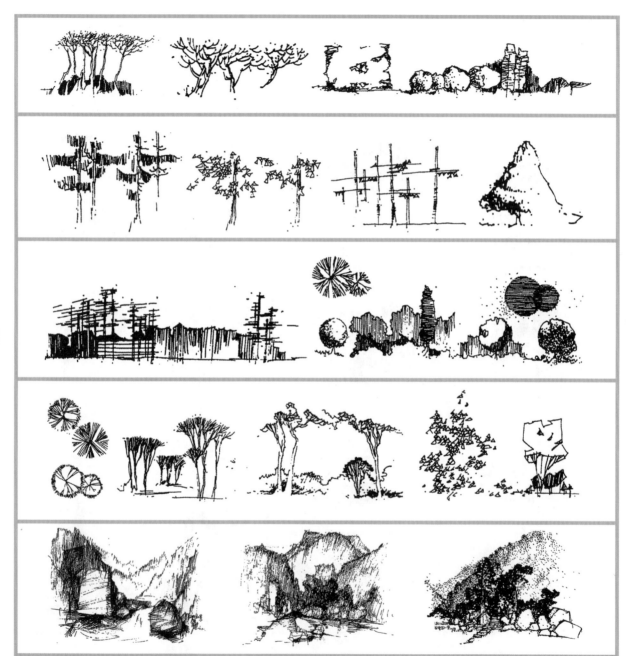

46

徒手人物主要是概括形，以块、面、直线表现为主，最大限度地提取最简的形，以寻求一种力度和形式美。

作为一个设计与创作者，挥洒灵感是少不了的，而灵感有时候靠积累沉淀，有时候靠一触即发，而人物的表现是创作中的一个很好的图面参照物，也是图中的尺度。

室内壁画：材料为实木.
木刻.凹凸肌理.产生
效果.空间感.生动.

木板

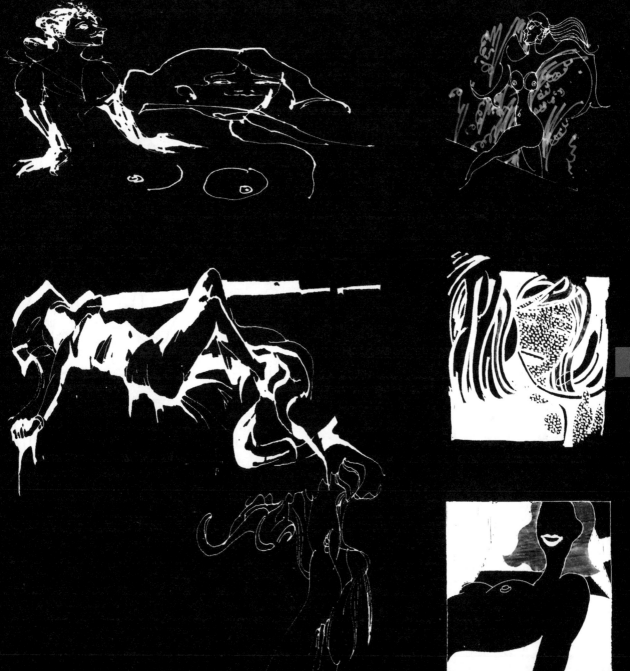

49

50

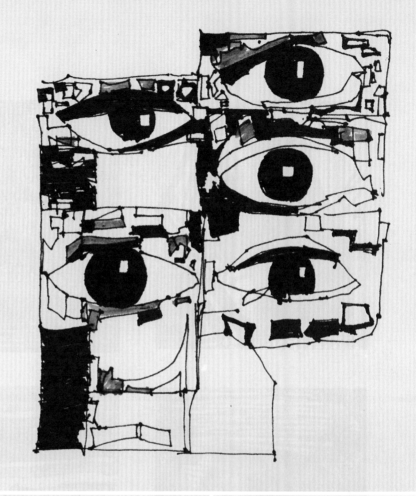

52

53

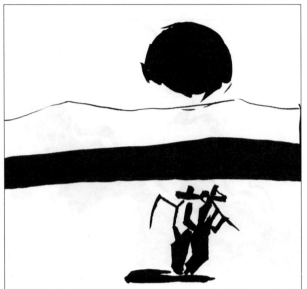

58

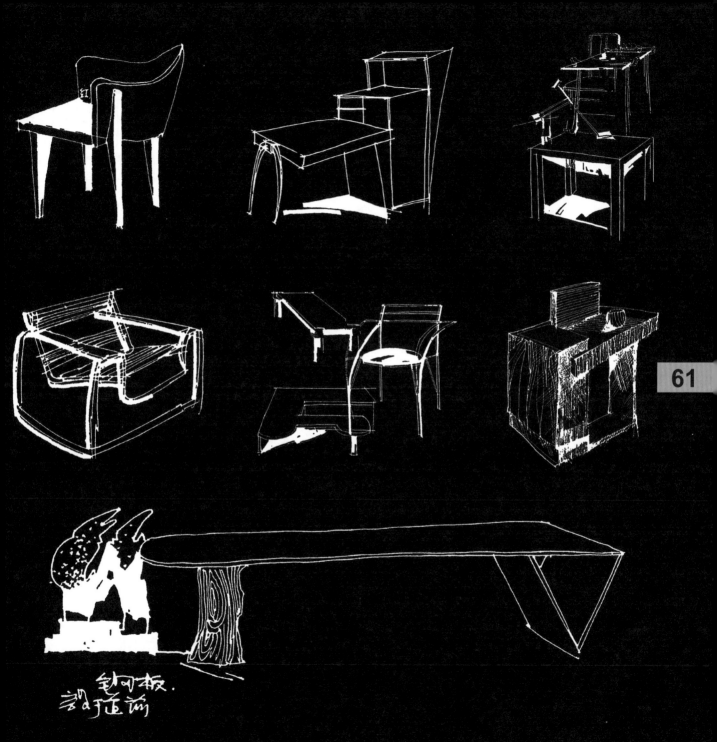

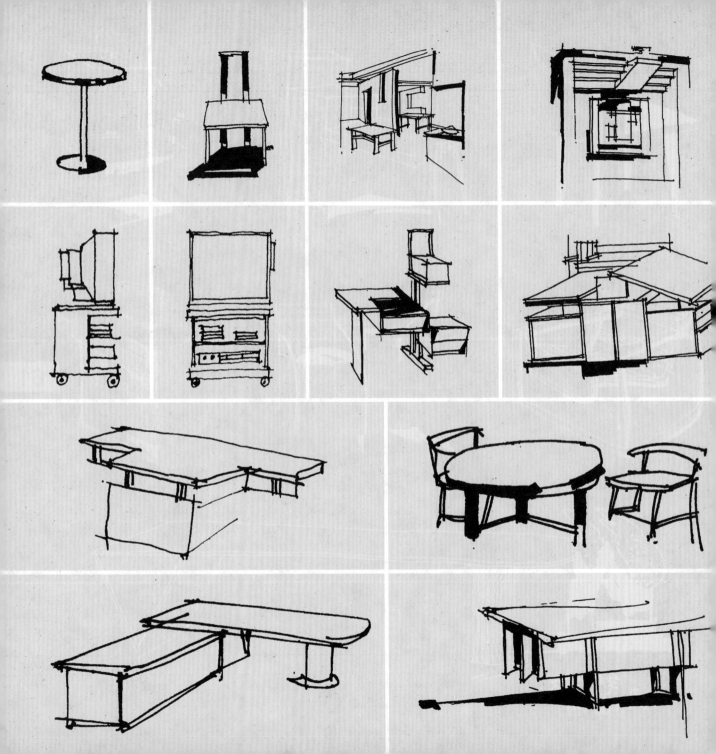

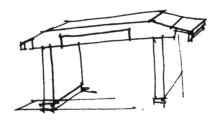  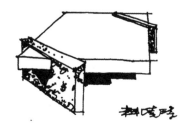

63

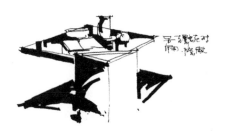 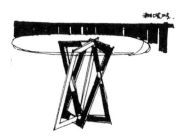 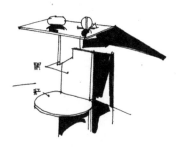

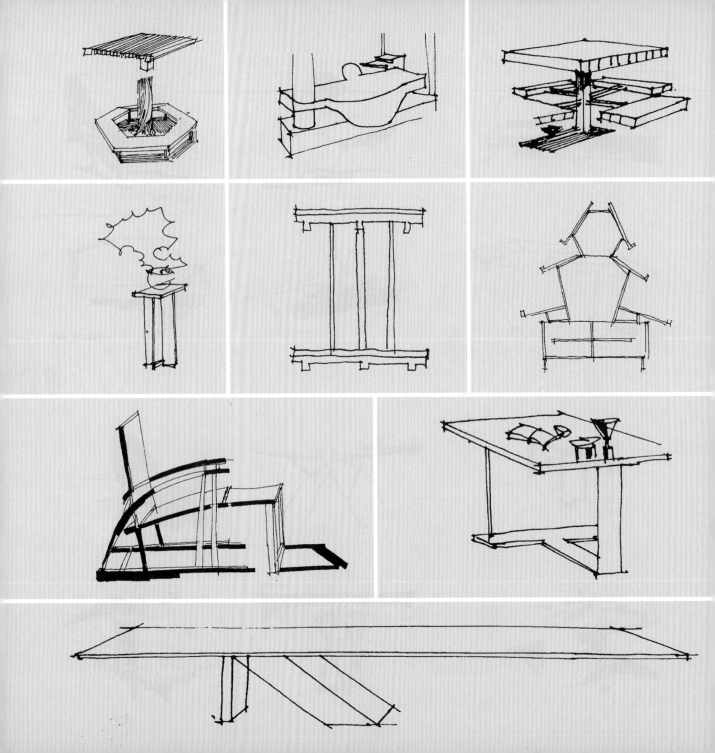

66

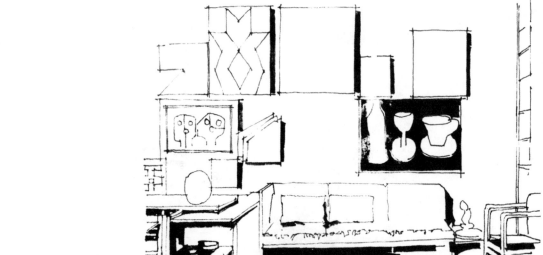

灯具的变化很大，更新奇快，可以用日新月异来形容，而且市场价格会间接影响我们的设计，业主的选择也影响我们的选择。对于负责最终照明效果的人来说，首先应找准自己的位置，其次，对灯具、照明的专业知识必须加强。最容易出错的是有很多设计师分不清装饰灯和功能灯，又有人在150㎡的居室里用两百多个灯。能在眼花缭乱的市场品牌中找到主线，需要具备准确并且专业的判断力，对使用者选择灯具的习惯有一个初步的了解后再作出决策。我们应将功能性的灯和装饰性的灯区分清楚，叫得出它的专业名称，尤其是对灯具功能、照明角度、规格、色温、光通量、显色指数、电压等有些基本了解，才能应对基本需要。当然，在设计中要充分考虑灯的散热性，这直接关系到灯具的使用寿命。

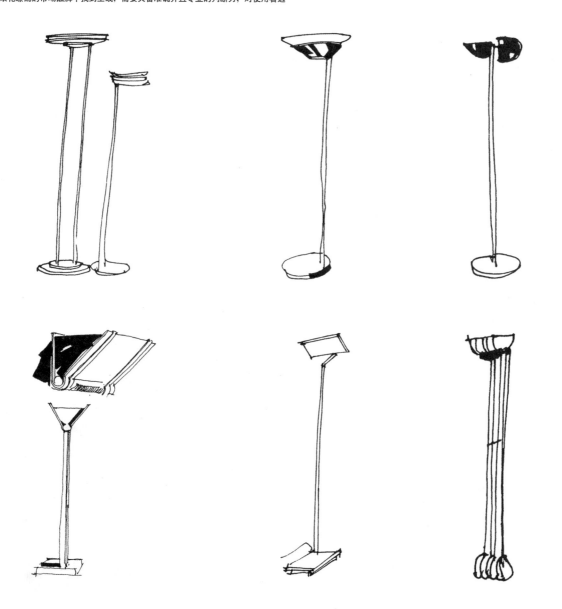

按照明方式分为：点光源、线光源、面光源。

这三类灯具主要是功能照明，其中分成基础照明和重点照明两大类。

基础照明在展厅运用的光源是：

（一）暗藏灯，灯具为各类灯管、节能灯；暗藏灯尤其不可忽视方便更换灯泡。

（二）24°聚光格栅灯及天花射灯。

重点照明在展厅运用的光源是：

（一）投光灯、8°格栅灯、天花射灯。

（二）金卤灯。

这些成为了展示空间的主题灯具，这些搭配以突出固有色为目的。

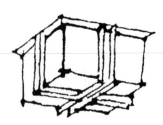

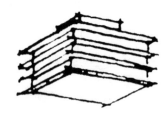

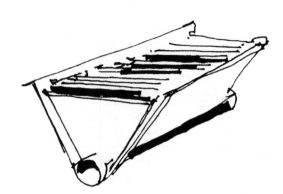

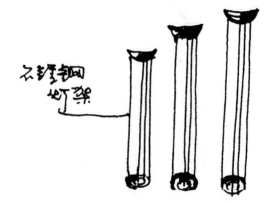

不锈钢
灯架

曾经听到有人这样说，某某设计只要你把摆设饰品拿掉，空间里什么也没有。无论此话是否有所夸张，饰品在空间里起的作用已不可能视而不见。因为具象的饰品有着清晰的、丰富的、最容易让老百姓接受的形态和神态。而我们常徒手勾些些装饰品，可以增加我们的工作情趣，让我们的趣味性审美得到强化。而最好的方式是将其定做、加工、定型，使之形成特有的装饰界面，由于饰品有着生动的表情和引导客人对空间的理想进行再次的想象、升级的功效。在这里，陶瓷这种普通的建筑材料，在空间中被浅淡处理了，成为了展示空间的配角，所有的空间陈设，饰品反而成为主角，被强调、被表现。因此，我们将专卖店中的饰品分为三大类，即实用类、装点类、引导类。

实用类：

陶瓷专卖空间饰品有很强的实用性，例如各种玻璃器在灯光照耀下，璀璨亮丽，很有装饰性，可以成为接待客人的实用品，果盘、高脚杯等，在接待客人时可直接使用，如此，在美的形式的氛围中，使客人得到了享受，很快就拉近了双方的

距离，生意的促成当然在预算之中。

装点类：

陶瓷专卖空间的各种吊灯、壁灯、落地灯在空间中有着极强的装饰性，可以给空间直接定位，让客人接受空间的主题氛围，更为有效的是，由于陶瓷在空间较为生硬，显得冰冷，这类装饰灯可以让空间变得温暖而柔软。如再配合一些布艺落脚毛毡、帘，就更加装点了陶瓷空间的软的气氛。

引导类：

为了具象、生动地卖好砖，陶瓷专卖空间的饰品必须带有强烈的引导消费的效果。在陶瓷搭配组合设计时已有了明确功能性，而砖的色彩、肌理也是有其特性的，此时的饰品不可以过于花哨，应少而精，就像酒吧间里红酒与酒柜的关系一样。精品摆放本身就强调饰品在空间中的引导性，而我们的主要工作是要想好选择什么样的、有代表性的、有特征的、大多数人都喜爱的饰品，做到这一点很不容易，需不断积累、比较，从而找到引导性最强的饰品。

简　单

　　兰州人吃羊肉，有道菜名叫做"手抓"，吃"手抓"就是直接下手不用筷子，一手抓肉，一手撕肉，两手油油的、腻腻的。现今有人用手指写书法，用手把玩墨迹绘画成家的也大有人在，图个啥？是简单，而且是简到不能再简的简单。设计师，是被委托方，请出来解决问题的，应把问题简单化。如能把众多复杂问题弄得简单些，处理起来就方便了。如果把委托方比喻成请客方，设计师则是大厨，负责配菜，并考虑这餐饭怎么吃，营养如何均衡，少花钱还是多花钱，设计效果的最终形式与菜式的色、香、味类似。在设计案例从开始接受委托，到工程实际完成发生的整个过程中，快速记录和徒手草图在设计与服务中所起的作用尤为重要。它不仅在于最后成品，而重要的是作为在设计构思过程中的工作手段。可以说，徒手设计表现好坏的程度，会直接影响设计效果、进度、出图时间的把握，甚至收费是否顺利等。而设计师徒手草图的能力，关系到整个施工图设计进展、效果、责任等综合内容。最初，设计出现的现象大多是：甲方说，乙方听，此时应改为"乙方记"，之后便是乙方说，甲方听，双方之间相互交流。对提供的条件、要求等信息，双方需作些草图进行交流和沟通，传递彼此需要的数据和图形信息，而这种方式是最为简单而直接的。在施工图进行的过程中，徒手草图仍起到了修改、完善、分析、比较、择优的作用。因此，我认为，从设计开始发生到结束，徒手草图贯穿于整个设计执行、服务等行为运作中，把许许多多各类问题归类、量化。如同一盘手抓羊肉，简简单单，实实在在，很快便吃饱肚子，又很耐饿，很实惠。浩瀚历史长河，"手抓"这个看似简单的美味佳肴，传承了下来，自然有着其深厚的道理，徒手草图亦然。

速写

有些资料有着很高的使用价值，但有些却不一定。尤其绘画类，这类资料我们徒手速记的过程能体会"画意"或说"谋篇"，收藏它，欣赏它是快乐的事。

几何形体构成了徒手草图中各种物体的骨架，线条构成物体的形，而细部的运用又给予形以真实感；在草图中，用几何形体来形成建筑的基本形体进行记录通常是最快捷而有效的工作方法，其实用性也是很强的。

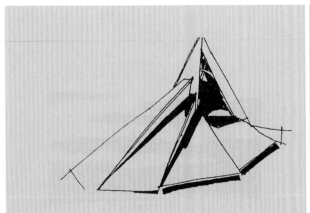

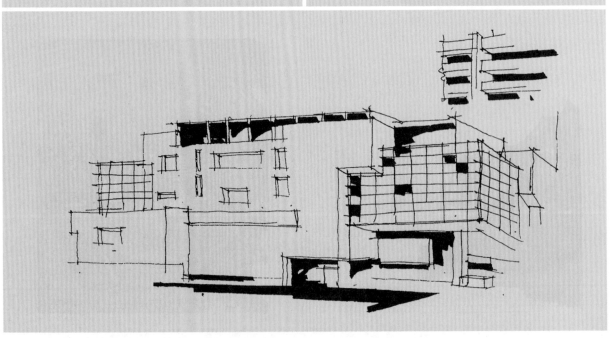

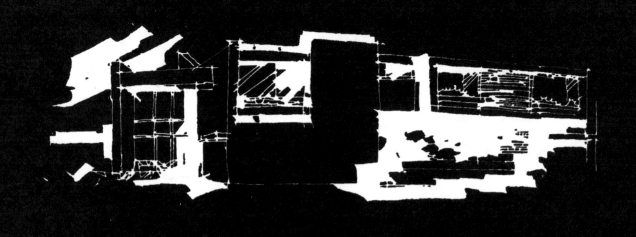

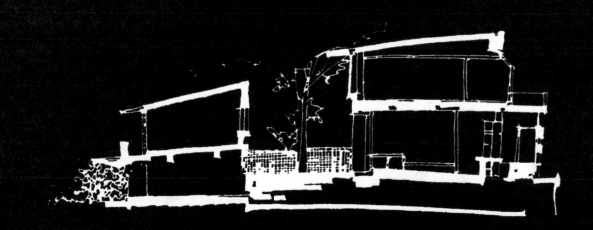

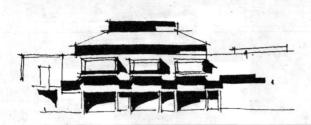

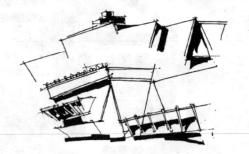

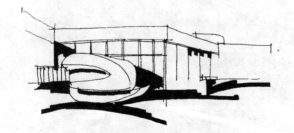

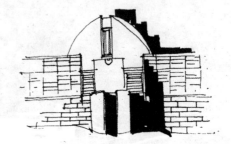

76

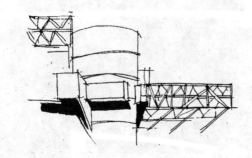

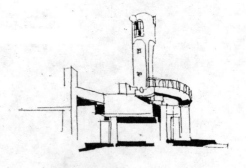

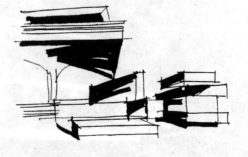

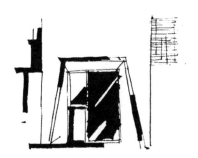

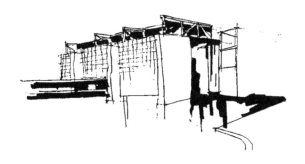

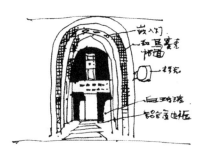

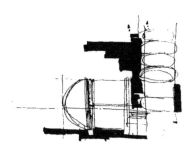

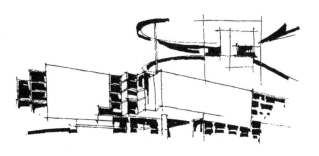

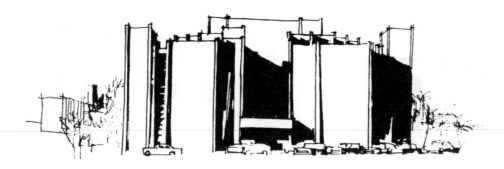

Cycle shop "Kanamura"
Designed and rendered by
Kikuo Fukuoka, Fukuoka bikuo
Design Office

记录建筑的光与影

建筑中光与影的表现

旧建筑的记录

达·芬奇的《蒙娜丽莎》、莎士比亚的《哈姆雷特》、屈原的《离骚》、曹雪芹的《红楼梦》，已被后人作为不朽之作永久地传颂了、记录了、延伸了。因为诗歌的格律、韵脚和言辞，著作的思想，绘画的美妙、传神都能诱惑读者的感情，引导读者畅想无阻，直到被感动、被征服。但是在建筑的记录中这是不可能的事。因为有着技术问题、专业问题，所以在意义上就投下阴影了。由于它太专业，不可能有广泛的群众基础，只能是从事设计的专业人员才会看，记录和阅读的过程则变得枯燥、乏味了。因此，记录工作变得可能被忽略与轻视。但建筑设计的记录已到了不容忽视和事在必行的地步了，反过来思考，如不及时记录，当遇到维护、重建等问题时，许多问题无从下手，尤其是那些有一定价值和历史纪念性的建筑，有很多数据更是不可再生，只能是靠后人凭经验摸着石头过河了。就算是江湖老手，这条河也没那么容易让你过去，其中的难处只有你下河体验之后才会知道。所以，建筑的记录必须保证清楚准确的尺度和数据，必须存有多个备份电子文档。记录的内容不仅仅是通常的竣工图，更为重要的是一些文字记录。应尽量使用日常生活中反复出现的语言形式，用规范的、专业的词汇，用简约短小透彻的语言来叙述，扼要、快速、准确而有独创性地对建筑改造、室内设计过程中发生的技术变更进行记录与传达。而今，无论何人，大家工作都很繁忙，我认为必须方便读它的人在很短的空暇中能够迅速理解。

从毛草棚看到别墅区.

亲统建毛草屋也很讲究窗前向
别墅当今日的高10多别墅
有很多通去高到小洞 那
还顾 吵吵什么吗
光 好缝通风

BAALBEK. TEMPLES OF
JUPITER and BACCHUS.

旧建筑类：一幢建筑可能会勾起一个人的经历与往事、一个人的辛酸或是一个人的幸福。而一幢旧建筑也有它的故事，对于一个建筑师、创作者或设计师而言，更是有一个重大的借鉴价值。

Bernard May beck First church of christ Scientist Berkeley california

感悟"老房子"

　　自从周庄成为民居旅游产业化景点后，各地的传统民居群也不甘寂寞，旅游大巴的轰鸣声、小商贩和游客的叫买叫卖声、吃喝拉撒声，划破了往日的宁静。设想如果有朝一日，西藏的喇嘛不念藏经，改行做导游，不穿藏袍改穿西装，那将是何等怪哉？我的身边正在发生着巨大的"改变"……

　　这批民居写生是1987年跟随吴家骅老师前往湘西孝孪民居留下的钢笔速写，虽时隔20多年，现回来看看，每次都会有所感悟，门前的水井，米仓的悬挑结构目的是通风而不受潮，而人、树、石、木、屋合成的村落，留给了我们"天人合一"最初的状态。

84

收此写生方法：
湖北成宁县秋游区
黄翔刊元

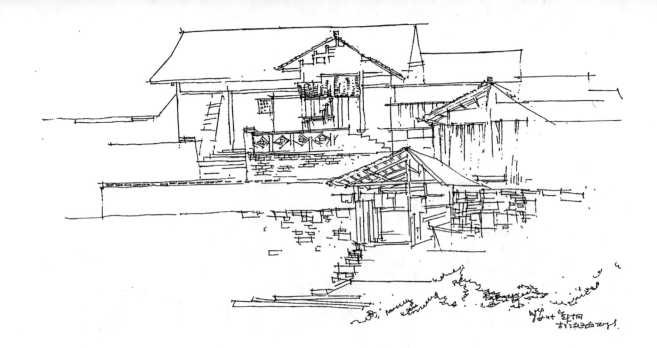

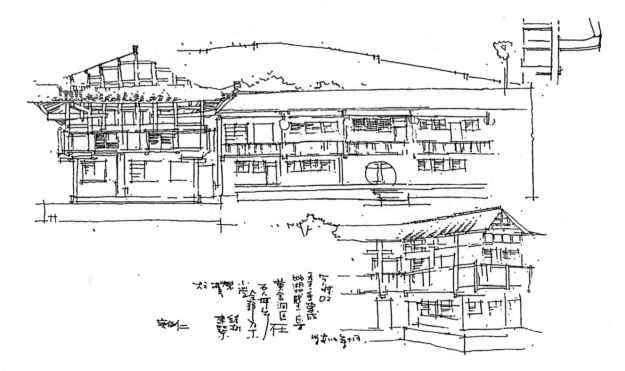

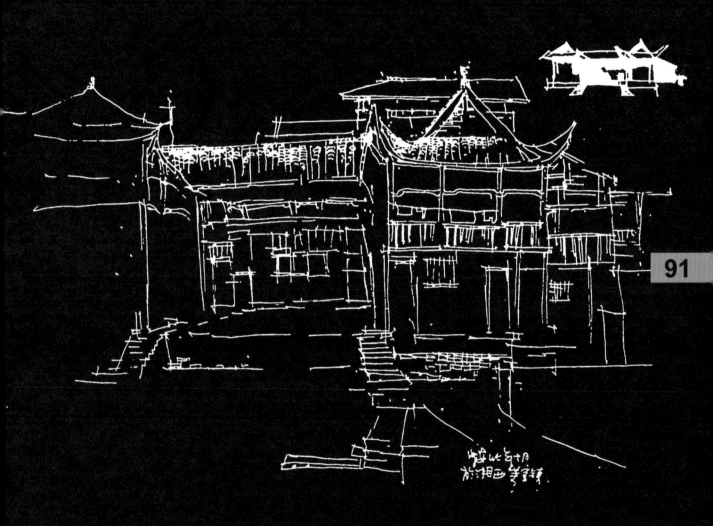

92

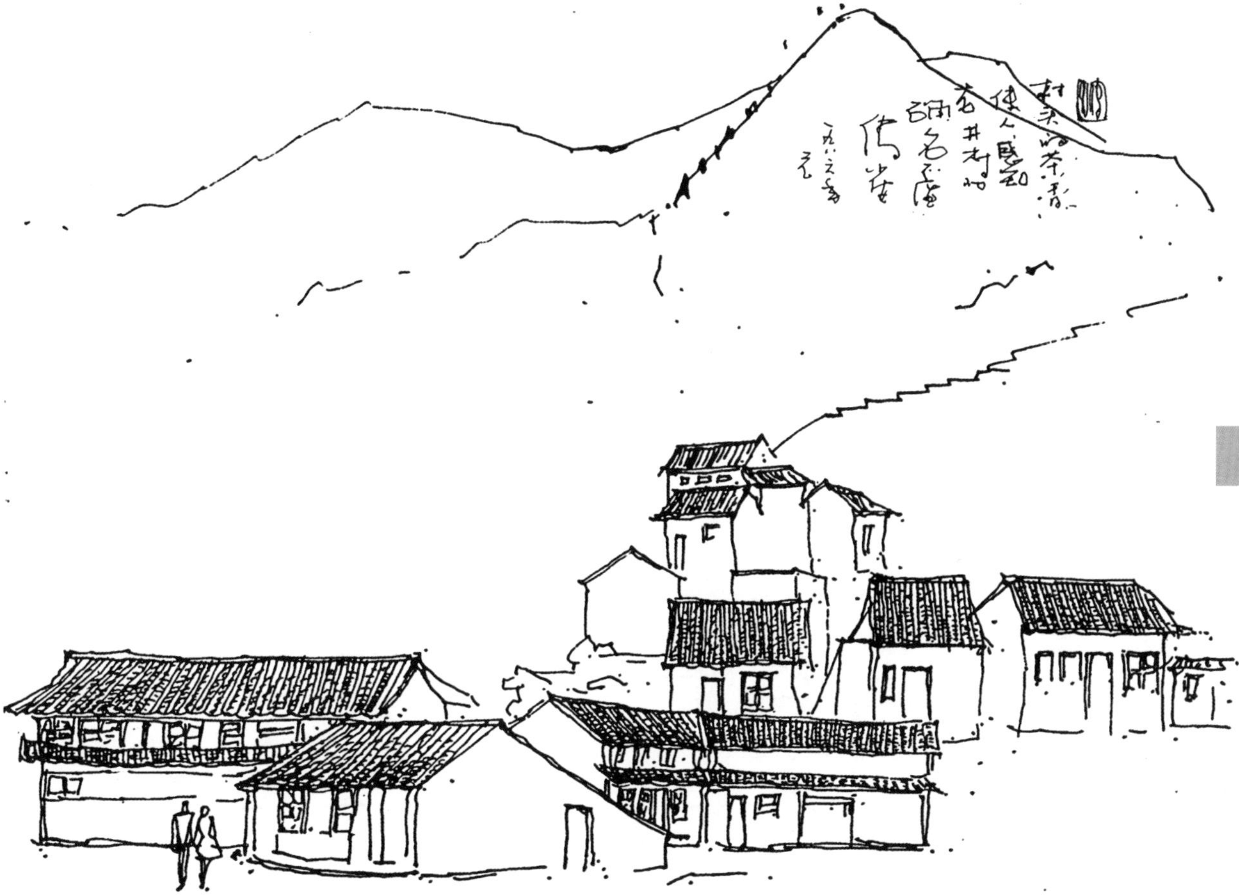
村头的茶香，
使人感动
杏井村的
确名不虚
传也

94

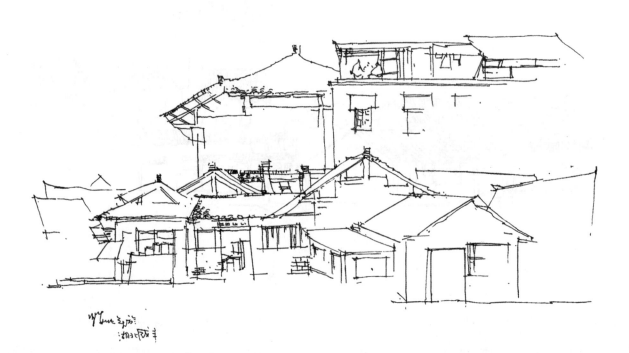

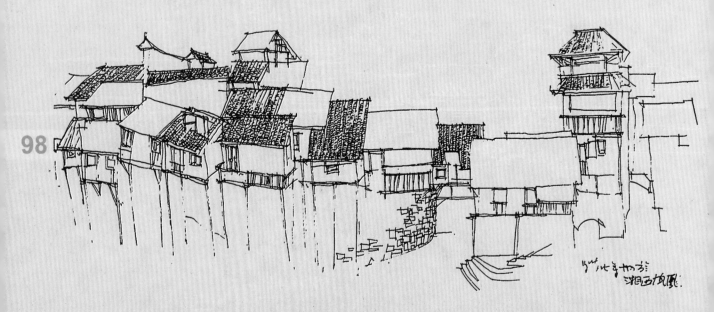

98

写生步骤分析
湘西凤凰

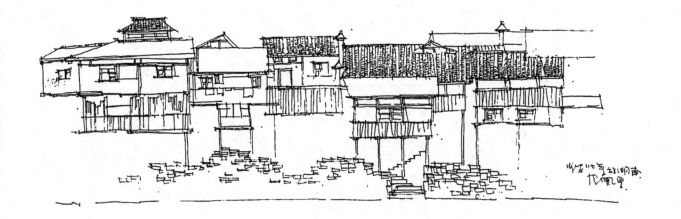

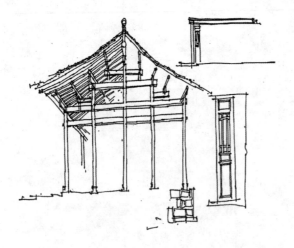

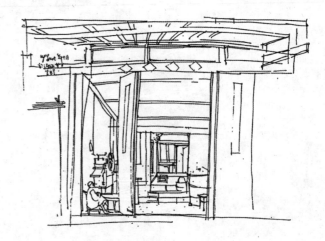

102

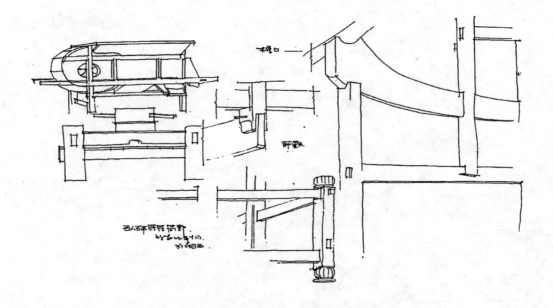

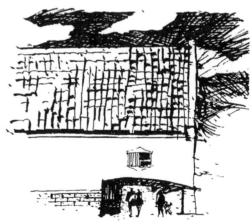

绘此写於湘南住村
芙蓉镇即
凡心.

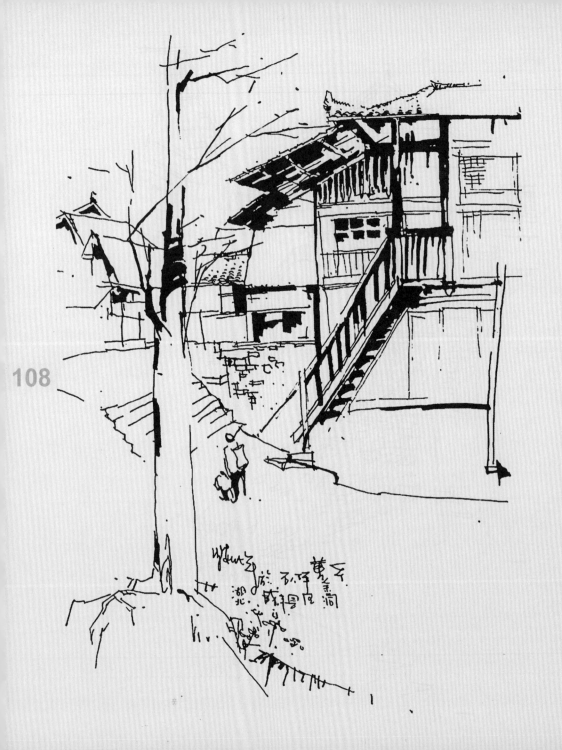

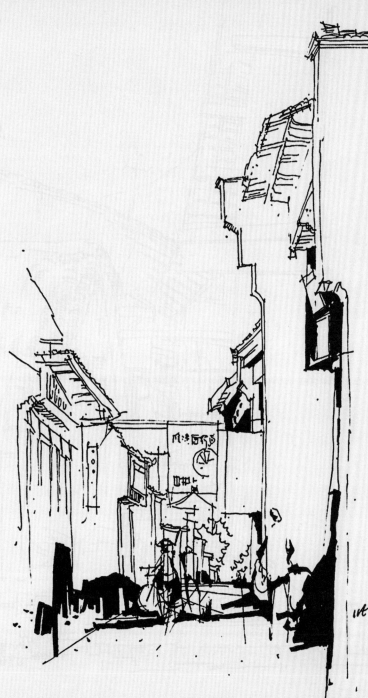

110

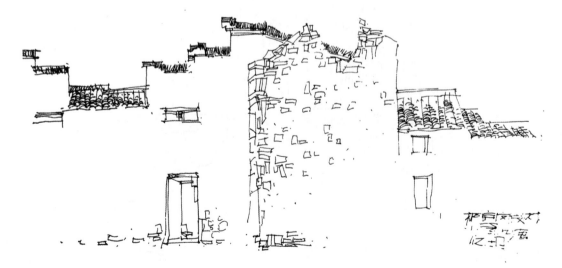

贰

探索篇

速 度

从特快专递到宽带网，从电报挂号到电子邮件，连几十年不变的火车也不得不大提速了。社会正以人们难以想象的速度飞速发展。

如果把电脑工作比喻成普通汽车速度，那么徒手工作则是赛车速度，赛车讲的是速度，赛车手是当车速200km/h，手心不出汗，双眸不惊恐的非一般素质的人，是快速并随时敢于超越的"特殊人"。在竞技运动比赛项目中，银牌、铜牌很光荣也很来之不易，但在设计方案竞赛比稿项目结束时，第二名就等于落选了。在设计思想的竞赛中不能做第二，也没有并列第一可选。所以速度快是根本，是草图的魅力所在，灵感被快速捕捉已不仅仅是高效与高附加值，还是获得意料之外的设计效果的最佳途径。设计师就如同赛车手，须随时超越现有的成绩，换言之，选择设计就是选择超越与挑战。生意人常说"时间是金钱"，对设计师而言，草图出手的速度就是设计师最好的本钱和财富。

从足球运动的角度重新看设计时，中国经济发展的速度跟中国设计师设计的速度分不开，把设计行为当成运动进攻型的行为也不为过，正如看欧洲杯荷兰对俄罗斯，行云流水式快速攻防、转换。设计师已经走向市场，如今我们可否讲求和歌颂主动进攻型设计，想办法把我们的设计思想、智慧、形式、语言传播出去，走向市场，最好是走向国际市场，让更多的人欣赏并接受它。无论意大利队钢筋混凝土式的防守如何坚固，马尔蒂尼的铲球多么狠，进球和过人总是伴随着那个快速的、有灵气的、自信心足的有强烈主动进攻欲望的人。

驾驭与积累

好马配好鞍，马骑得好是驾驭能力强。面对一个没有多少经验可借鉴，面对一个发展周期较短，一个与建筑设计相比还很幼稚的室内设计行业，寻找商业空间设计定位的方向就像骑马奔跑的方向，需要我们跟随市场，自我寻找行动方向，有了明确目标，才谈得上驾驭商业设计。驾驭这样的姿态只有当设计师有了一定的积累之后才可能出现，正如学骑马时常会被马摔，摔得多了也就熟悉马性了，在这一过程中一定会有比较惨痛的经历，但正是因为有了这样的经历，驾驭者才会从教训中得到教育，从而进步，在设计中才会逐渐地由被动设计转为主动设计，驾驭也才成为可能；驾驭商业设计，必须遵循商业空间的一系列规则，比如说，设计师是否应该为业主营利？什么东西才是业主最需要的？要业主信任你就必须揣摩到他的心思，判断后作出决策。既然是商业空间，作为主要策划实施的创作人之一，我认为，为业主营利是设计师工作中必须考虑的重要因素，离开了它，何谈商业空间，更何谈驾驭？把不同材质、效果的材料重新组合、设计、运用得体实属不易，需具备高深、专业的综合实力与设计运用经验。因完善的判断是经验的积累，而经验的积累由错误的判断而取得。有小部分业主在项目投入时并无设计费预算，我们现在将完成并投入市场运作的项目中，能够为业主带来多少，或者多大的实际效益，这个看来普通的问题确实在起着重要的作用，在这些敏感的数字后面隐藏着双方需要，一个满足，一个被满足。

设计的创新性的确重要，而创新性理念在实施过程中的可操作性也不断挑战着我们，设计带着一些无中生有的味道，但我们并非"生而知之"先知先觉的神人。每个良好的创作背后都隐藏着一个从不间断、日积月累的资料记录、积累的过程，尤其是在这个过程中可以向他人学习，特别是向历史上的和今天的有成就的设计师学习，对他们的思想、处理和解决问题的方法、形式，全方位地记录、思考、学习。

时下各楼盘都在样板间上大做文章，其中好作品也是层出不穷，但仍然有许多样板房显得花哨，有耀眼的灯饰和强烈的射灯，有华丽的饰面板和聚酯漆。样板房顾名思义它是给众人和准备拿出一笔钱提高自己生活品质的举家过日子的人们作样板用的，那就应该把楼盘最珍贵、最与众不同的特点，或者说把亮点拿出来。这是一句通常而平凡的话，问题的关键是什么才是最珍贵、最具有亮点或者最值钱的呢？毫无疑问——环境和空间。

主卧室的思考：
许多年来，主卧室朝东南已成了名正言顺的好方位，为了获得美好的景观更是加大玻璃窗，甚至增设了阳台，通风好了，采光好了，但同时强烈刺眼的光线将伴随着我们的睡眠，而主卧室的功能是睡觉。

关于床的变迁：
主卧室里的床对人来说如同手机的充电器，时下的大床设计得越来越大，增大宽度是图睡得宽松，还是为了产生夫妻距离？以1.8m宽发展到了2m宽，主卧室的宽度却没有增大。另外，大多数设计喜欢将床放置在主卧室中间，两侧上下。如果换一种方式，将床改变为一侧上下，使得夫妻双方不得不经过一方才能上床的行为方式，也许能因为设计而缓解了家庭小矛盾。

空间设计：
世纪嘉园的样板房，用"高"和"大"可以将其空间特性表达清楚，用尽宽大，功能齐全，兼顾空间小平台、小阁楼的运用，进行区域划分，并锁定年轻新贵们的生活规律、生活方式。为展现潇洒而不拘的个性，空间塑造开放的格局，形式上力求传播舒展与飘逸，使高大空间得到了直接的表达。

与绿色、阳光、新鲜的空气在一起，是我们永远的追求，是人的健康之本。

这种休闲式的藏书环境在3800的高大空间中建起如此的小夹层，使空间的利用率和视觉效果均得到了满足。

在这不到6m²的小空间里，私密性小的藏品均与主人紧密联系在一起。

小空间浪大用场。

夹层空间

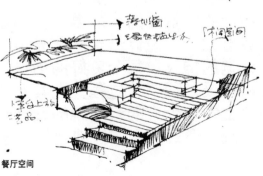

餐厅空间

照明设计：

光的设计非常重要，既要达到充足的照明要求，又不能配置过于华丽的灯饰，一是消耗能源，二是更换灯泡时会产生不便。室内空间中光影的变化最为丰富，表现力也最强，在本样板间照明设计中，采用了多种组合式照明方式，让片光与点光源结合，产生综合照明效果，重点灯具融合在天花中，使其成为功能性照明，突显个性与追求实用得到统一。

"我家我设计"：

室内设计、商品房开发，风风雨雨历经磨砺，为获得成功经验而喜悦，为产生失败经验而忧虑。我们呼唤精装修成品房早日到来，谁不想轻轻松松地拎着行李箱入住设施齐备的新居成品房。省下时间和精力去进行室内家具与陈设选择的乐趣过程，把这一乐趣留给自己，真正地成为一个快乐的"我家我设计"的人。在欧美是没有家具装修公司的。

墙角的写字桌：画面以明暗表现了空间的深度，用笔触的叠加表现明暗的深浅，使画面获得一种质感的厚重。

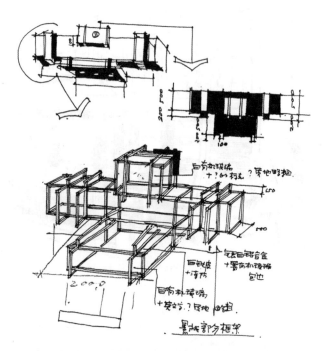

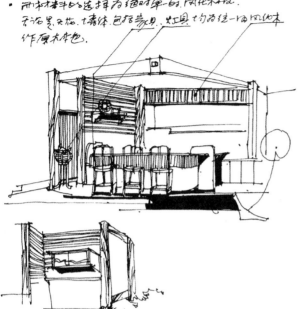

- 吧间的空间就是一个简单四方形。
- 而材料的选择为绝对单一的同化木板，无论是天花、墙体，包括家具、灯具，力求统一用同种木作原木本色。

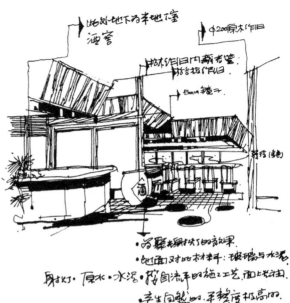

→此处地下为半地下室酒窖
→φ200原木作柱

→用木作旧内藏书管防言拔作旧

→8mm镜子

→踢脚(砖)

- 为营造柔和灯光的效果。
- 地面对比的材料：玻璃与水泥。
- 射灯、原木、水泥、按自流平的施工工艺，面上光洁。
- 产生自然的、平整度极高的。
- 灰色空间。

酒吧

→按此草图作为草图，片稿后，再放门图形将作为放射本。
→尝试在壁面上再增加浪漫的气氛

KTV房、音乐主题的居色底

→旧钢针

    KTV夜场的房间墙壁效果：此构思主要迎合一个娱乐场所，使空间充满欢乐与浪漫的气氛是这个空间构思与设计的一个重要特点。而墙面用一种奔放、欢乐的抽象形式去表现，更增加空间氛围。

    此图要表现的是一个较多木质性的空间，体现出大自然的清新、舒畅、环保。犹如走行于欧洲的乡村，让人感受回归自然的感觉。

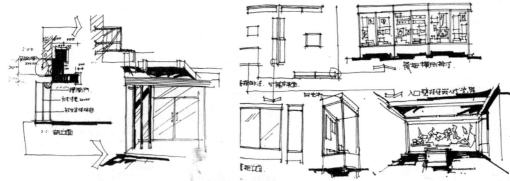

这是一个建筑剖面图，主要体现的是建筑的内在结构、施工构造节点与材料的
运用等。

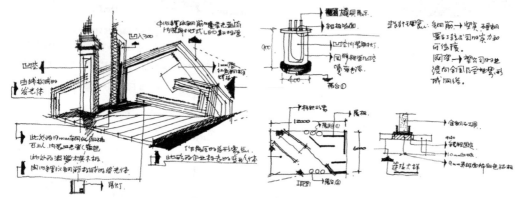

模具展览会展示设计：此图是模具展览会展示设计的整体草图，主要体现整体
空间特点和整体视觉，还对部分构造和材料进行了一些说明。

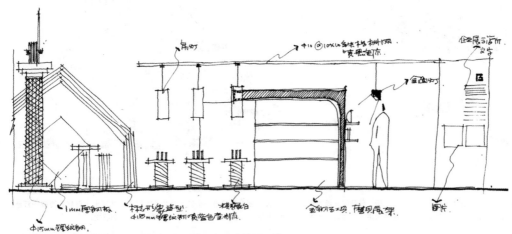

这是一个对空间的展示布局和展示架进行了一些说明的设计，如模具展台、模
具展架等。

简单的线条勾画出简约的时尚空间，而通过对空间家具与装饰物的整体考虑，在造型上大量运用块、面、以直线体现形体，这样使空间的简约更加凸显。

生活如同一杯历久弥新的咖啡，越是休闲的心情，越能品味出生活的质感
舒适温馨的住宅是人的精神港湾，而休闲空间，更能带来一种休闲的心情

楼梯底的利用

看似零散的家庭生活照片墙面，增添了几分家的感觉。

用竹吊形成的半透明空间

酒吧是一个休闲娱乐的地方，在空间设计和构思上，要表现出开放性。

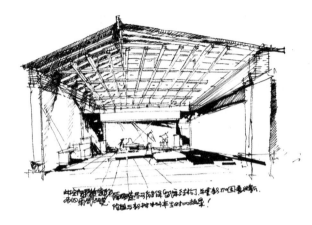

酒吧空间

墙上的装饰画与桌上的花是本图表现的重点

在卧室设计中，有的人喜欢温馨，有的人喜欢宁静，有的人喜欢富丽堂皇，但无论哪一种，其最重要的是舒适度，一个合理的睡眠空间，床是关键物。

一扇落地窗，能够旋转的透明茶几，半透的电视柜，有着金属脚的布艺沙发是客厅的一个整体组合。

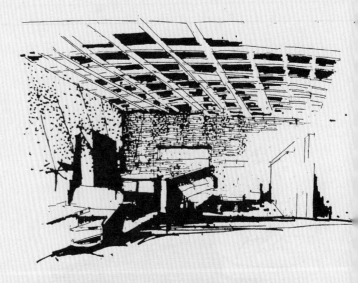

以黑白对比表现室内家具，运用线面结合进行表现，以投影塑造出物体的深度与硬度。

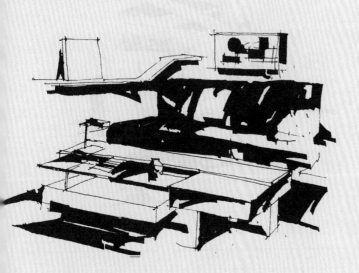

砖木结构的西餐厅

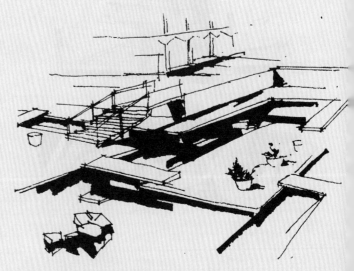

表现一个空间或塑造一个空间有多种形式和手法，而此空间以面设计为主，体现出了空间相互搭接，行进时产生趣味，让人心情舒适。

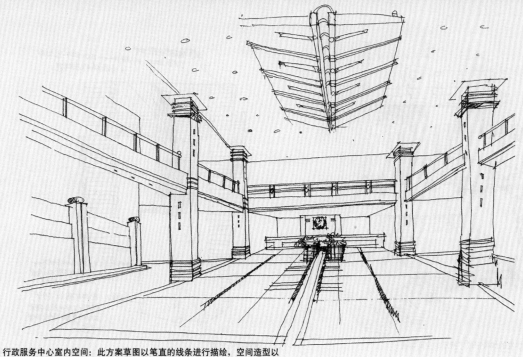

行政服务中心室内空间：此方案草图以笔直的线条进行描绘，空间造型以方形为主，体现出行政空间的严肃性。以一点透视为主进行空间形体塑造，因此草图在视觉上有一种散发性。

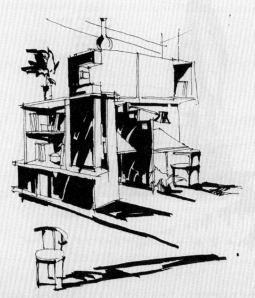

用组合柜划分空间

床和桌台由一个书架间隔开，同时使空间得到了充分利用。对于一个有限的空间来说，这也是一个不错的空间划分。

钢笔的线条与沙发的线条形成了特定的空间语言

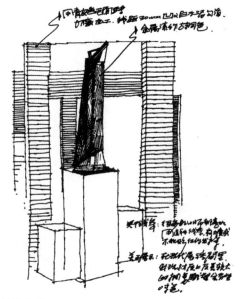

有雕塑的空间

128

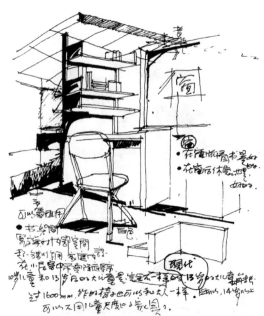

书房空间：作为一个书房空间，闲适、宁静是它的特点。

一个空间有时候需要一些东西去点缀，占据空间的一席之地，而雕塑是一个不错的选择，正是这个点缀，使空间灵动了起来，它不仅填补了空间的空荡，同时带来了观赏性，更为空间增添了艺术气氛。

以线形表现为主，以线塑造空间和形体结构，虽然不以色彩和明暗加以辅衬，但却能表现空间的深度与韵律。

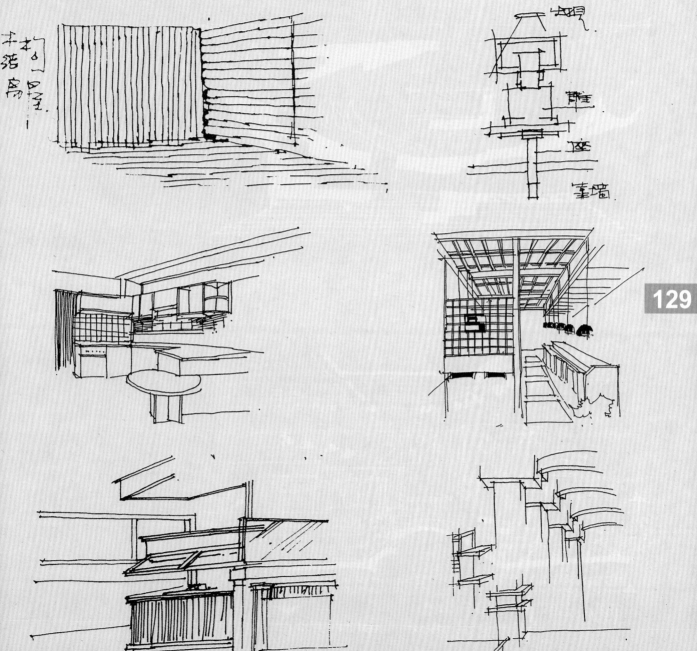

作为一间卖衣服的店铺，展示区产品分类尤为重要，一件新产品上市，一个亮
点的热卖，都少不了需要展示区域进行有针对性的推介，以设计强调另类的感觉。

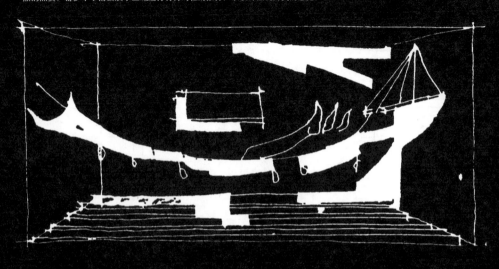

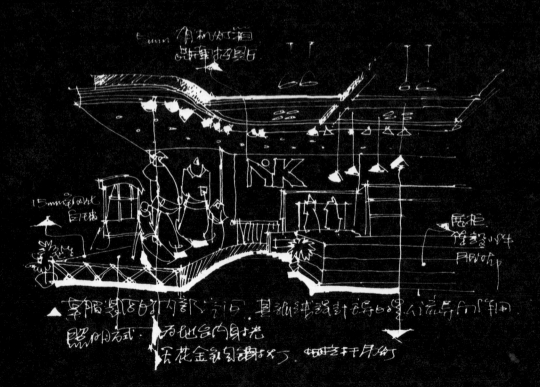

黑 白

  草图主要是以黑白为色调，线条疏密用自己特有的味道，演绎空间的色彩氛围，黑白无彩色系表现形式，正是设计的这种单一形式，黑白相间的图貌向我们发出"唯我独尊"的信号。这种自然流露的黑白效果没有切削装饰的呆板迹象，容易被识别且印象深刻。作为一个看客，不会不善于用眼睛去寻找和发现，一切的颜色、形式、质感都只能通过眼睛来感知，并被我们用各种手段记录下来，在时下各种各样数码成像的装备中，一张白纸、一支笔在我们的眼睛里延伸触探着每一个空间的肌理与内涵，使那些引人入胜的细节变成了图形，被深化，被运用，被传承。

佛山购物中心

佛山市建筑设计院

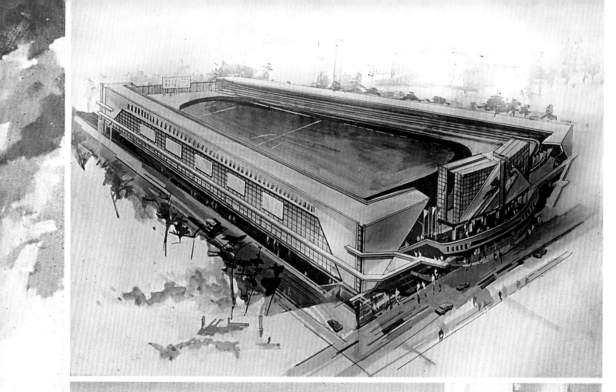

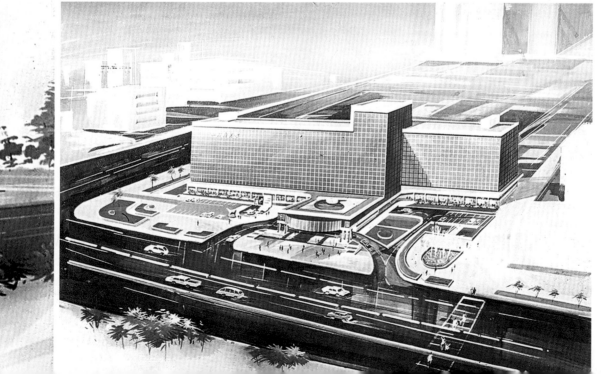

建筑画的往事

佛山建筑设计院，不是学堂胜似学堂。在那里，让建筑师们、工程师们看到了来自浙江美术学院毕业生"美工"的一把刷子，建筑画成为我当时的主要工作，回头看，这个让我感到受制约和理性思考的工作环境，让我收获了规规矩矩地面对规范。16年过去了，这些建筑画中的房子成为佛山旧城区，其中"新广场"体育馆已被拆除了，而我正是因为这张画而被设计院认可从而进入了佛山，进入了这个正在发生巨变的具有灵性的城市。若干年后，这批有代表性的建筑画将成为一段历史的印记，成为那些已退休的建筑师们喝茶时的话题，成为我们这代人无声无息的、永远的"朋友"……

擅 长

在组织设计学会的工作后，在和众多设计师的接触和交往的过程中，对设计师的工作状态或者说习惯，有了些感受。我们必须承认，设计师是属于有知识，善于创新，并努力工作的那种人。自从党号召"让一部分人先富起来"后，有一批设计师随之富起来了。我们不应该害怕承认钱的"万能性"，还要做到比一般人善于洞察赚钱的机会，同时，又能比别人更清醒地看到赚钱的限度在什么地方。从正面角度去看待，这是设计师致富之本，但从另一角度去分析，正是这个太好的本钱也会妨碍和制约我们的思维。

多数设计师在接受教育时，在人生观、价值观还未形成或正在形成的阶段，或者说，在我们思想的发育期，潜移默化地接受了许多理想主义的教育，作了高深设计大师的"粉丝"。但我们应清醒地知道，跟着他们可以做到学得很像，却很难超越。在当今呼唤原创设计的时代，理想主义、完美主义的思维方式在不知不觉中会影响我们对生活和工作的判断，有时会忘记或忽略我们是在花别人钱，在为别人如何花好钱而出谋划策。在设计创作落笔与定案时，综合"预算"是我们最不擅长把握的事，成本超出计划投入还不是大问题，方向错了则不好收拾了。我们是否能够简单分析、量化，得出一个初级回报概算，细分一下消费群体的层面、空间结构、由谁使用，并能够轻松自如地与业主面对面谈出自己难以启齿的问题？

　　做自己擅长的事，听起来很简单，可有很多设计师总是做自己不擅长的事，也许是无意识的。老子曰："知人者智，自知者明，胜人者有力，自胜者强。"孙子曰："知己知彼。"法国思想家蒙田曾说："世界上最重要的事情就是认识自我。"鲁迅先生笔下的阿Q就是个既不知己也不知人的典型，糊里糊涂，直到被押往法场时还不知道自己是为什么死的，这是阿Q本人的悲哀，但鲁迅先生为什么会写出这篇不朽之作？其目的是什么？是用阿Q作为一面镜子，启发人们认识自己。而鲁迅先生终生奋斗的目标，就是以文学为武器启发"不肯研究自己"的人学会认识自己、改变自己。反之，如不了解自己，也不知道自己力量所能承受的限度，做自己不该做的事情，最后结果，是先伤了别人后伤了自己，事情也没有做成。同时，做自己不擅长的事，付出的代价太大，也不值得，因为它有别于有目的的实践，还可以产生一个"实验报告"即所谓的经验。我们大可不必用人家的钱和自己的名誉作代价，我认为，应由专业的人做专业的事。设计师有点像专科医生，而不是包医百病的江湖郎中，在面对某一个行业或者说某个职能时，一定要做自己擅长做的事，一定要有意识地加强和培养这方面的意识，从而作出精准的判断与决策，归结起来是四个字——量力而行。

空间表现

　　空间的表现有多种手法，而灯光是空间不可缺少的，这几幅图是利用色纸原有的底色，在上面提亮的表现效果。

1. 风味餐馆小房　工具：马克笔
2. 超市专卖空间　工具：色粉笔
3. 卫浴专卖空间　工具：钢笔、马克笔、毛笔

1

2

佛山金湖酒店

在既有的形式里，光线穿越空间再透射，是气氛的催化剂。既能突出主题焦点，亦能增强空间的层次感，灯具的选择很重要。

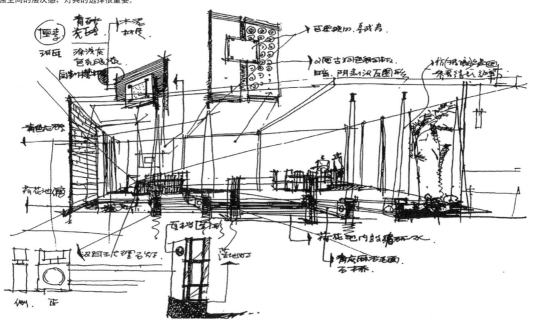

广州潘高寿制药办公楼

一个值得记录的教训：设计得不到认可，综合起来也有很多因素可以细说。但这个方案是在已被确定的形势下被一个风水大师否决的，理由是悬挂在上空的三层玻璃有反射，另外玻璃的尖角冲财。问其有无可能化解的方法，他回答没有，除非让我换别的材料或重新设计。方案改变以后，从此风水这玩意儿开始引起我的重视！广东一带的人特别讲风水，记得在校读书时并不知"风水"二字，更不知这是一门学科，有理论，有实践，更有很多专业的从业者，像职称一样分初、中、高级。我有幸遇见了许多客户是风水追随者，在他们那里我学到了一些"表面功夫"，如正门口不对楼梯口，所谓"先看形，后算意"等。

将企业标志作为办公楼的大堂设计的背景，用药名雕刻石柱作为三块玻璃的承重点。而此大堂设计以方形条为中成药的抽桶，表现出一种制药企业为主题的现代空间。

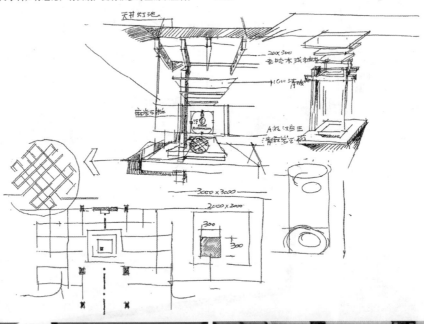

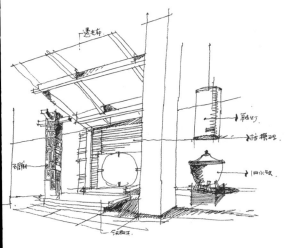

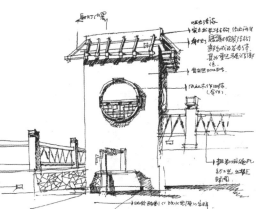

灯柱设计

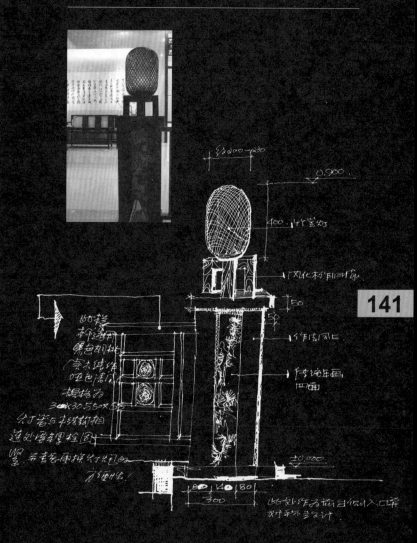

浅说风水中的"形"与"意"

在校读书时，并不曾知"风水"二字乃何意，更不知这门学科会对当今工作、生活有如此之大的影响，尤其对室内设计的影响。真正引起重视是在一次方案因"风水"问题被否决，被动地修改设计之时。深受刺激后的处于停顿和休息状态的非"风水"大脑，开始了学习，开始了工作。学后发现，广东这地方，几乎人人都讲点风水，也略懂些风水，只是在同一方位，有着不同的说法，即版本不一样而已。后来，经过几年的摸索，对风水书籍的理论整理，简单概括了一些知识，即"先看形，后算意"，围绕这六个字来作设计，简单地理解也就够用了。

这次企业空间设计，我们对通道、门、楼梯、电梯、前台总裁办、财务室等区域作了详尽的分析，结合地形、前低而后高的方位等各种问题，有针对、有目标、有依据地对建筑布局、地势、地位进行了分析。按照原有建筑的空间布局、通信、采光等众多因素的基本条件，从中提炼优势条件，按照"看形"和"算意"的基本原理，依势造景。如门前的雕塑，放置在最方正的起点位置上，它的灶口朝东向着大路，此为"形"顺，可谓路通百通，顺风顺水，一路好走，而它的长、宽、高的尺寸均为黄金比或吉祥数字，与两侧的竹子形成竹旺、人旺、节节高等美好的"意"。

用设计的眼光看陶瓷

从衣、食、住、行、用看陶瓷产品——**衣**

· 衣
穿在身上合适——第一
质感款式好——第二
· 砖
用在空间合模数——第一
质感款式好——第二

从衣、食、住、行、用看陶瓷产品——**食**

· 食
身体必需的，有益健康的营养元素
· 砖
空间内必需的，有利于使用的元素

从衣、食、住、行、用看陶瓷产品——**住**

· 住
是中国人追求幸福生活的第一选择
· 砖
也成为了其中的一份

从衣、食、住、行、用看陶瓷产品——**行**

· 行
是工业化产品，面临减排……被挑选……
· 砖
也是工业化产品，也面临减排……被挑选……

瓷砖规格的决定依据——建筑空间

2009年热销楼盘空间模数（单位：mm）
- 空间模数：1700 × 2300，1700 × 2500，
   2100 × 2400，2050 × 3000
- 瓷砖模数：地面 350 × 350，400 × 400
   墙面 350 × 600，400 × 800

瓷砖质感的决定依据——空间属性

瓷砖色彩的决定依据——空间属性

陶瓷展示空间的文化内涵——砖的应用被接受度

结论：
①因为在一线，所以最有话语权！
②陶瓷展示空间设计有两把尺，这两把尺缺一不可，但需分清主次。

一把尺是物质的，占投入精力的70%，为主尺。
一把尺是精神的，占投入精力的30%，为次尺。

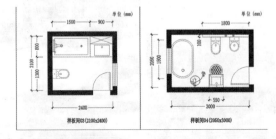

总部展示建议应与企业品牌文化相关联

海鸥照相机、永久牌自行车等国产名牌家喻户晓，深入人心……为什么呢？

"中国崛起"看陶瓷企业家们的崛起

不能仅仅满足经济，应向发达国家那样辐射到整个民族的思想和文化

2010年造型设计——纯粹主义

2010年色彩预测——绿色畅想 魔幻红色 紫色魅力

感悟《探索与发现》

　　我常爱看央视10套播出的节目《探索与发现》，常被其中从未所见、从未所闻的事、物、人等所吸引。大千世界，千奇百怪，正因有着许许多多的不解之谜，一种现象，多种答案，才显得那么有意思，有回味，而那些至今都无答案可得的UFO、喀纳斯湖水怪什么的，更是让人为之欲罢不能。

　　设想、预测、推断，是设计行为中的重要探索，如能提前把控正确的答案或结果，这样的探索是令人满意的、信服的、理想的，而这种工作状态出现的次数频繁则快乐，则有意义，有价值，有活力……

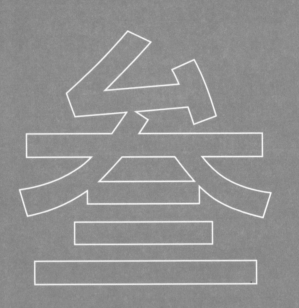

叁

创作篇

现 象

将互不相干的东西强行撮合，在自然界中积累图形库，把童话诗歌演变成图形，将漫画卡通造型作为素材，对古今中外图形类化推想，进行符号的提炼组合及分解。

感 悟

从相关事物中受启发，从不同行业的人身上获启发，从乐曲、戏剧、绘画里求启发，从报纸、时尚杂志中受启发，从"糊涂傻事"中得到启发，从当代艺术中获得启发，从网络科技信息中受启发。

天 才

宋代有个天才画家叫王希孟，18岁画出了《千里江山图》。18岁，用现代人的眼光看去，正是报考大学的年龄，这些花季少年，他们是否知道18岁的王希孟？与他们一样带着色彩斑斓的梦想，哼着流行小曲，脖子上挂着个MP4，戴副小眼镜的王希孟，约好周末去网吧打游戏吗？

综观中外绘画史，以18岁弱冠年龄，能创作出如此巨制流传于今可称前无古人后无来者。如为王希孟申请一下"吉尼斯世界纪录"——也不只是句玩笑话。仅18岁便在绘画史上留下巨作，除了惊叹其卓然超群的天才以外，还能说些什么呢？

　　有人说刘翔的速度除了个人原因外，主要归功于科学的训练方法，假如用科学的训练能成就那样的速度，我也想去训练一下，拿上个佛山第一也行。我就是一个努力了20多年也没成大事的人，主要问题是天分不好。设计师的脑袋里与生俱来的应该有一台创作机器，是只会创作、合成，功能强大的机器。被行业认可并载入史册的那台机器是天分最好的，相同的、后到的则被后人忘记。历史上被人记载下来的均为个人，没有很出色的团队现象，即便是优秀团队的承载体，最后能写进书里的也只是团队的核心人物及其身上特有的个人价值，如密斯·凡·德罗（Mies van der Rohe）的"少就是多"，勒·柯布西耶（Le Corbusier）的"平面是发动机"等。有后人评论达·芬奇是建筑师、水利工程师等近乎全能的超级天才，由于他光芒四射的才华使得同时代另几位天才没有被载入史册。我认为，有天分的人真是能折腾，用"折腾"这个词来形容他们不是不尊重。达·芬奇没用多长时间就在建筑、水利、绘画完全不同的知识领域里有这么大的成就，最初的动力可能就是敢于折腾。虽然他的那张画被传颂，而深入研究他的思想后发觉，天分最初的表露形式是大胆设想和小心论证，由于没有经验可以借鉴，更没有团队帮助他一起论证，所以，实践的过程就是折腾与被折腾的过程，成功了就是一代巨匠，杰出艺术家的光环就戴上了，反之就是瞎折腾一场。

　　总结：王希孟、达·芬奇都是绘画历史上的超级天才，还有许许多多小天才由于没出大成就都被众人忽略了、忘却了，这是件可惜的事，那我们是否应该自我发现、自我发扬……

绘画的感觉

　　在被甲方折腾了几个轮回之后，开始晓得寻找放松感，画画有这种感觉。中国的水墨是用水调和的，有意思。什么干湿浓淡，什么墨分五色，靠水控制，而每次的用量不能一模一样，即使调好放置在那里，它也会蒸发一部分……有变化就意外，有意外就会有惊喜。当创意略显枯竭时提起画笔，如能将版画、油画、水墨画、钢笔画等技法融入其中，乃我之乐也。

静

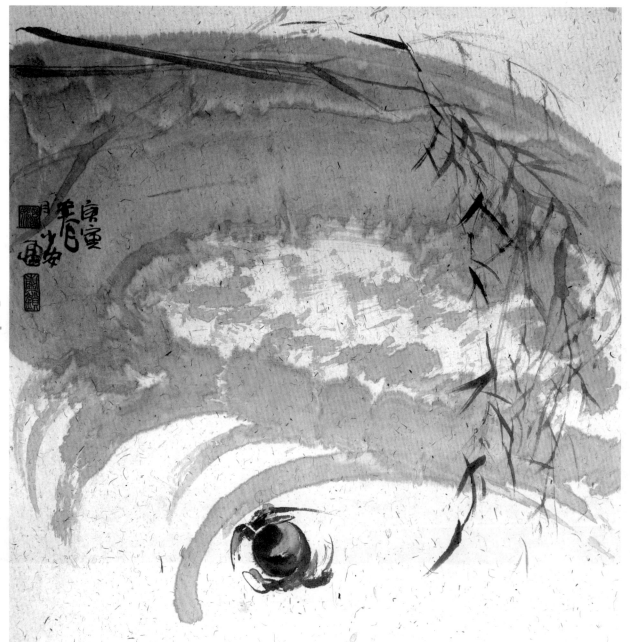

154

春蟹不肥

树 荫

地域的制约

绿洲

朦胧

158

轻舟渐入山水间

门前树

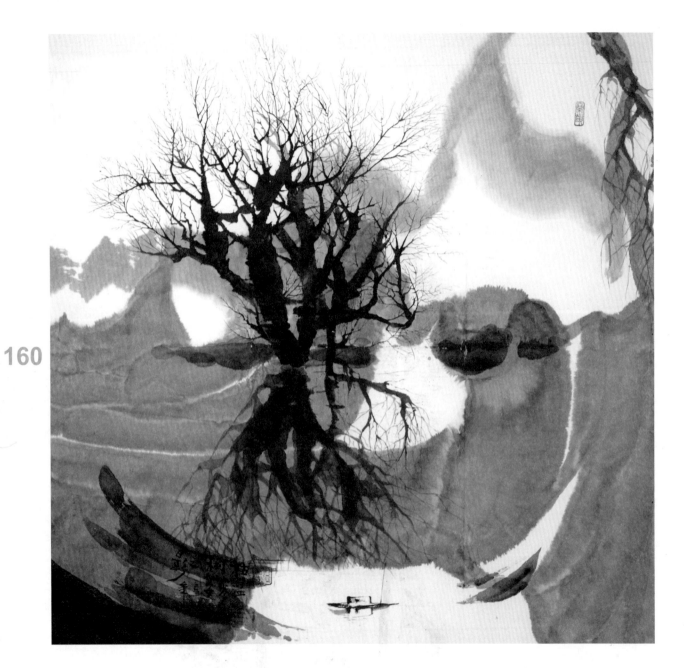

上图：枯树之影
右图：晚秋

上图：雪影
右图：民居系列——二道门

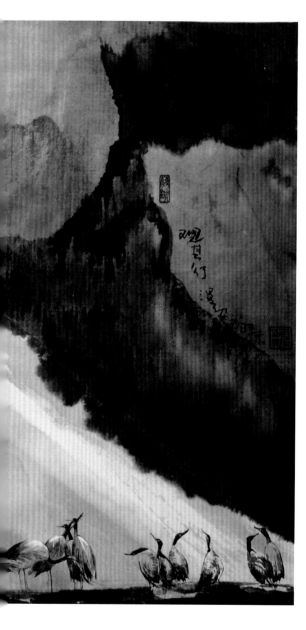

上图：观其行

右图：民居系列——小宅门

166

上图：驴往高处走
右图：飘

168

水上人家

远归

安 静

现代都市最难寻找到的就是安静，而徒手草图是要静下心来，伏在案前独立完成的一件具体的工作，由于设计构思阶段是处理问题、整合问题阶段，这种工作状态显得特别安静，此时的手机、短信息、网络是疲劳而多余的。我们人在社会心却应游离于山野间，并定期清洗它、保养它，有些东西需"格式化"。良好的状态来自于自我调和，安静的环境来自于自我意识的创造。作徒手草图的人不是华尔街叱咤风云做股票的人，更像是一个农民，必须要把一颗豆子又一颗豆子种到地下，等到"秋风起，秋叶落成堆"之时才可享受成熟的果实。想想我们这类人比不上艺术家，艺术家可以在找人没人的地方一待，想画什么就画什么，想说什么就说什么，而我们是站在马路中间，被撞的机会比站在田野上大很多，但站在田野上会被人们忘记。我们既要为业主创造价值，满足许多指标与需要，还离不开对艺术与审美进行思考与探索。

我的读书观

人生有限，需读的书无限，设计师需重点读些什么书呢？一个人不吃不睡也读不完所有书，我读书甚少，故为自己找个理由吧。据说鲁迅先生也不喜欢看四书五经之类的，那他的思想和智慧是怎么形成呢？如果鲁迅先生看书，我们跟他学智慧，这样对我们思想的进步帮助会快而简单些吗？读书的目的有多种，但启发自己武装自己，使自己的思想无限发达，找到简单、快捷、实用的工作方法和技巧，做人处世有仁、有刃、有余，是读书的根本目的。近日重读鲁迅先生著作，察其思想、学其智慧，受益匪浅，归纳成句则是：知人所想，为人所为，学有所用，用有所成。谨以此句告诫自己、启迪自己、激励自己。

摄影作品

布达拉宫系列之一

布达拉宫系列之二

布达拉宫系列之三

布达拉宫系列之四

布达拉宫系列之五

职 责

　　谈到设计师的工作职责，说得直接些就是做自己该做的事，喜欢做商业的设计就要对经营、管理、策划有所研究，就要解决好商业空间最关键、最本质、最应该解决的问题。喜欢做办公室设计就要对办公设施、设备、网络、智能等相关专业进行深入了解。我们的工作职责经常是不停地判断：什么是物？什么是人？什么是主？什么是次？有针对性地面对分类，分清不同类型的问题，有区别、有实效地解决好它。干什么的就要吆喝什么。搞陶瓷展示设计的就把陶瓷的问题解决好，也就是所谓什么是自己的本职工作，什么问题是自己必须面对和解决好的工作，什么是最基本的工作职责，我们必须要分清楚它。如果当听到自己设计的商业空间经营不下去而关门了，反思一下，难道我们的设计策略没有问题吗？毫无疑问，在商业空间的设计中，商业价值的实现是必须首先考虑的，因为业主付出设计费的目的就是想要通过设计师的设计获得商业的回报率，很明显，我们无法离开商业价值而去妄谈其他。但商业价值的实现，依靠的是设计师对商业空间属性了解的深浅度，商业空间不能够仅仅只是商品的堆砌，而毫无色彩的搭配、空间的功能划分、材料的肌理对比等，在商业空间的设计中，设计师应在艺术创作上先下工夫，并把业主的经营理念融入设计中去，让空间既能吸引人、感染人，又能实现其商业价值，如能达到这一双赢的目的，设计师自身的价值也能得到实现，因为既好看、好用，又能赚钱的设计不但可以为业主创造经济价值，而且还能给设计师带来美誉与业务。不要寻找离我们太遥远的东西，太远的东西就算是找到了，人们也是不可能信服的。成功者留下的脚印不是每个人踩下去都可以成功，我们只能用自己的目光重新目测，用大脑再次判断并能找出新的线路，并快速到达目的地。

180

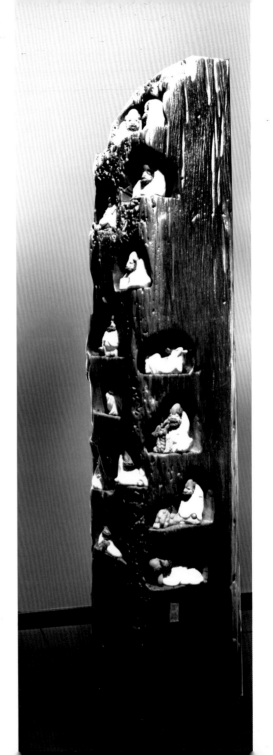

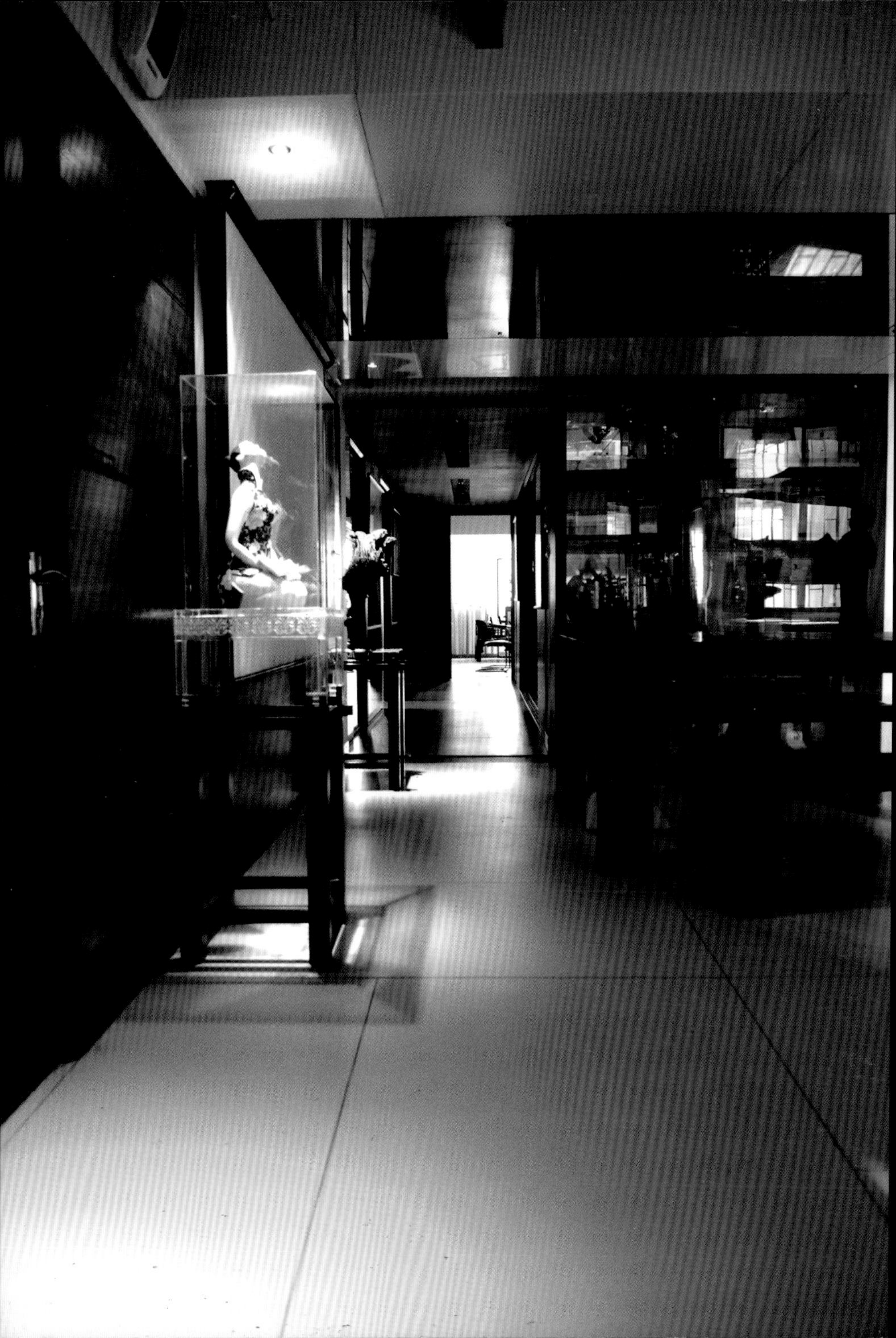

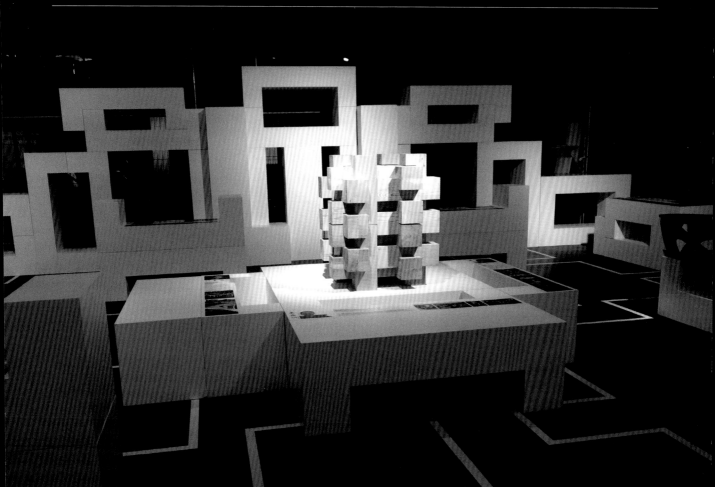

卫浴展示空间

建筑面积：200平方米
空间性质：展示
主要材料：纱幔，氟碳漆，密度板，马来漆等
设计时间：2005年3月

金蚂蚁集团

项目地点：山东威海金蚂蚁大厦
建筑面积：30,000平方米
空间性质：办公，商场
主要材料：水泥，陶瓷，花岗岩，实木地板等
竣工时间：2006年10月

展示空间

建筑面积：6,000平方米
空间性质：展示
主要材料：水泥，不锈钢，麻石，镜面
设计时间：2007年5月

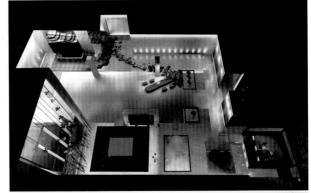

金湖酒店

项目地点：佛山市普澜路
建筑面积：约6,300平方米
设计内容：外立面，大堂，餐饮
设计时间：2008年5月

佛山环保教育基地

项目地点：佛山市禅城区南庄
建筑面积：2,300平方米
空间性质：展览
主要材料：镜面，仿真草，水泥，模型等
设计时间：2009年2月

样板房

项目地点：佛山市
建筑面积：180平方米
空间性质：住宅
主要材料：半抛砖，环保漆，实木板，墙纸等
设计时间：2009年3月

一层平面

夹层平面

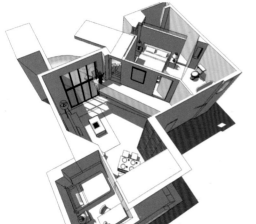

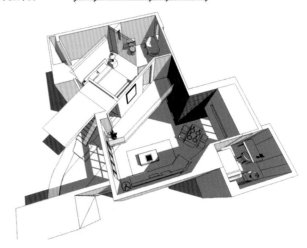

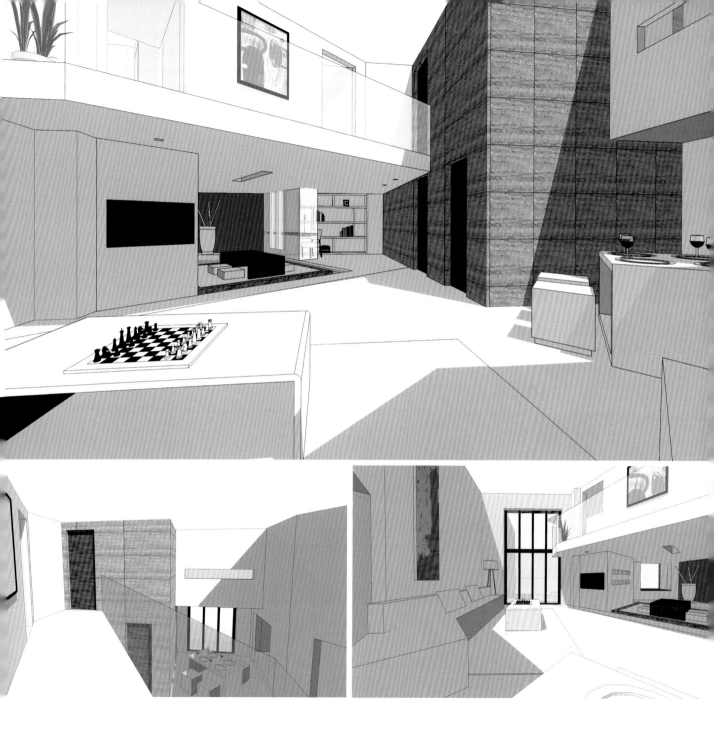

"东成西就"……4.38米用高不成低不就来形容它未免有些太苛刻了，然需在计算中、制约中求得空间之道。本案侧重于丈夫对妻子、对孩子的关爱，将空间划分为活动、储物相对归一的手段，设计的全过程是预测和寻找问题，并解决问题的理性的思考过程，重功能而轻形式。

"一亩地、二头牛，老婆孩子热炕头"虽为旧时留下的顺口溜，却印证着中国这个农垦民族当时的幸福生活的标准。这句话在如今外来文化的侵蚀下已被多数人淡忘，然而它印记了一段历史、一段人文、一段最具幸福感的生活。

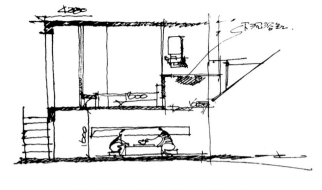

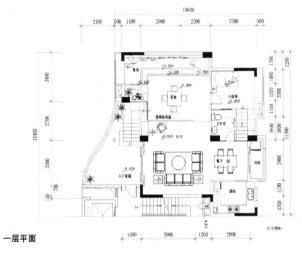

一层平面

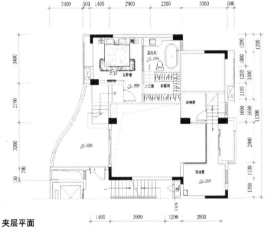

夹层平面

佛山铁路投资建设集团有限公司办公室

项目地点：佛山市
建筑面积：1,900平方米
空间性质：办公
主要材料：灰色仿古砖，硅酸钙板，马来漆，地板漆，金属板，喷粉等
设计时间：2009年9月

选址：办公室选址佛山市汾江南路206号财富大厦八、九层，两层面积共计1934平方米。
人员：现有部门经理9人，将增加至14~15人；现有员工55人，将增加至80~100人。
空间：每层办公室分配有经理室、会议室、开放式办公区、公共卫生间、设备机房等。
特点：办公室装修设计特点是简朴、明亮、务实，不做无谓的、为了装饰而装饰的工作。

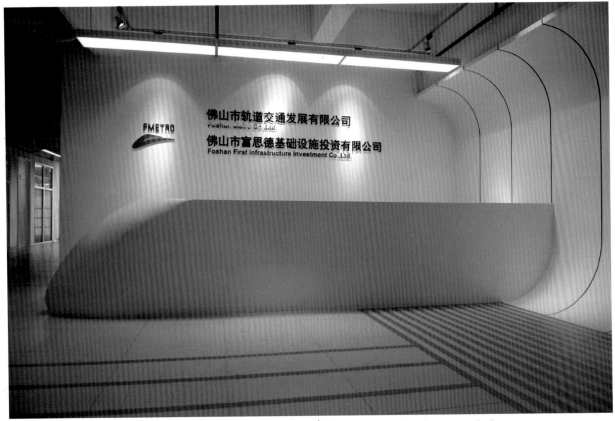

潘柏林艺术馆

项目地点：佛山轻工二路
建筑面积：150平方米
空间性质：展览馆
主要材料：水泥，水泥板，玻璃，风化榆木
设计时间：2009年10月

肆 实践篇

谈谈记录

　　我们是设计师，是接受设计的被委托者，从某种意义上说我们是服务于人的行业。在设计案例从开始接受委托，到工程实际完成的整个过程中，记录在设计与服务中所起的作用尤其重要。可以说，记录的详细程度会直接影响设计效果、进度、出图时间的把握，甚至收费是否顺利等。

　　而设计师记录的能力，关系到整个设计进展、效果、责任等综合内容。最初，设计出现的现象大多是：甲方说，乙方听；此时，应改为"乙方记"。之后，便是乙方说，甲方听，双方之间相互交流，对提供的条件、要求等信息，设计方需作详细的工作记录，在施工方向上设计方提出图纸答疑时会出现一份会审记录。因此，我们可以肯定地认为，从设计开始发生到结束，记录将贯穿全过程，是不可缺少的、至关重要的设计环节。

　　孔子说过："温故而知新。"在信息网络快速发展的当今时代，重新整理我们曾经学习掌握过的基础知识，一方面可以检查我们学习的基础知识是否起到了激发我们创作构思的作用，是否为我们当今的设计提供了有力的理论和数据支持；另一方面可以从中获得新的启发，从而更好地激发我们的创作思路。回顾我们的学习记录，在众多课程中，基础课最容易被学生重视，也由于不经常运用或运用时并不被自己发现而被遗忘。记录的过程便是学习思考的过程，思考的过程便是创作和突破的过程，审美必须在研究质疑的过程中进行。本次记录与思考正是建立在这一立足点上，对不同类别的工作环节、主题、目的、方法等进行了记录与思考。希望通过本次的记录与思考为以后的工作建立一个坐标，一个档案，一个不断总结得失的前沿哨所；一个不断提醒年轻设计师，使其少走弯路的试验田；一个引起行业人士关注、落脚、说三道四的参照物。果然如此，本次记录将是卓有成效的。

经过近20年的设计实践，清醒地看到一个设计职业者的所思所想和所为是多方位、综合性较强的工作。因此，设计记录被我们重新提高了认识它的作用和价值。记录是设计工作的延续，是可供查阅的字库，是设计的整体精神骨架中极为重要的支撑之一，再往重里说，没有记录就等于没有工作。

室内设计中墙面色彩，（画起来）还是蛮轻松的。

选择装饰室内墙面的色彩，是生活中最愉快的事。这里用不着有什么想着的那么多规律，完全可以大胆地选择你所喜欢的色彩。别人的房间用了某种颜色，那是因为主人喜欢这些颜色，而在这里用的某些颜色就较适合，或是要和它们协调，易于彼此的调整等等。这里，心里同样有着多种作用。如果颜色使整个空间光亮，那就选择它，在把整个屋子里，从地毯、沙发、一些墙都用过这种颜色，这格会产生一种意想不到的大胆效果。如果你喜欢比较柔和的墙壁，那么米色、奶油色，甚至各种中程度的灰色都很很不错的。

不过，下面这些一般规律也许对你有用处。最好是选与基本颜色之相配，如果喜欢明亮的话还可以再选一了较为显眼的颜色作为重点缀。基本颜色必定是中间色的任何一种，如灰、白、浅蓝色，甚至黑色，在不同的在房里用以不同的基本颜色，也可以在整个屋里用一个基本颜色。另一种是要把起居室里的主要颜色作为基本颜色，另一种方案是把起居室里的次要颜色作为基本颜色装饰色等，也许你更喜欢在不同的房间里使用完全不同的色彩方案，甚至在大起居室的某地如同来装饰一个颜如白的小卧室，就会显得暗淡一些，刷墙子的喜欢的颜色，即红黄绿。

浅色加上光滑的表面一般可以安装，明亮的蓝、紫色、浅蓝褐、紫色的深蓝色是悄亮、明暗的颜色，如用比墙壁上多种强衬托作用。如果是天花板，房间的大棚构划分（如果墙板、实倒，刷同色或浅色，墙上的涂色就不会压低一切。如果要使房间看大些，墙上最好用浅色。如果要使你的房间明亮一些，就要用暖色，如黄、红、棕等或者用白色来衬托，配一些较为显眼的颜色。要记住，在选择颜色的，特别是墙上墙的颜色，一种颜色用在大块面积上更可能刷些，块面积上看起来更明亮得多。所以在考虑使用时，要考虑到问题。

选里介绍三种色彩方案：①单色方案：采用一种颜色的不同深度或把深出不同色彩。②红蓝色方案：③对比色……

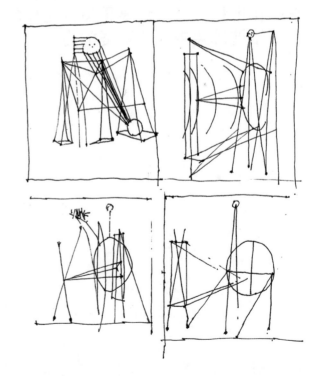

206

面的四种基本形态

D
有机形: 多半来生于周遭黑中的外来力以及互相抗得的均衡内压的均衡. 故特征是非偶发性的合理和完整的是. 圆的曲于曲线的弧度. 经以以富有内压力的感觉.

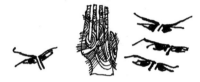

(的) 真锅一易.
  大也准园.

① 感性的抽象意识.
  从各景造型创造的泛泉. 人类的改良. 悲痛的感情如黑道型的生物的泉源. 倘考虑生命构作茶细. 束搏合. 系命便会悟向无力和灭亡.
  图形和色彩体观雕感(图定所间). 你犹喜. 如底来(心性3图)你犹优程. 悲北. 崇高. 滑携写墨学灰睛(郑神3向). 信的象性和合3形态表现感. 情.

② 围形的形成.
  围形的构成式相提结各性感. 觉的善另加以3形态. 有两种.
  a. 偶合时: 黑田墨而墨自身的形态. 正样的形态. 展则缺乏径. 3确性. 但如同之整生一样一样的均均生他的. 都有着超越. 墨意志. 的魅力和奇妙的话越力.
  b. 机械形.
    与偶合性的围形之成解明内对. 能之间问题. 生硬和冷害. 如何之实理性的明快.

。自压形. 加南携形觉到不受拘束的自然而魅的形害.

我们将我们的时间用於将我们所学的造形. 动态. 和技巧牢记於心. 於是当我们重複目得太多了. 我们的作品中的老彩他平己经暗淡下来. 我們他乎用力度了. 在这個时候. 如果我們要使作品重新獲得士氣. 我們必須等珠书周问周顷来再开始.

殷意工作包含的問題: △. 對於各種不同之質料的性顥之學知及有關的参考.
  △. 製作工具之有效的利用.
  ◇. 熱箱的柱蓺.
  ◇. 對於足於影影設計立所或判立所之法律所加的限製知識.
  匚. 對於那些可能在一些設計或劃中的丽撞手作之具地設計師之觀息. 要培養一種合理的體度彈力(这点在有製造生涯和建築設計中尤特别重要.
  ◇. 要有一種不輕易满足於调或獲得之掌寄的懷疑的眼光.
  ☆. 對於歷史性的設計有一種健全的輕意(並排斥宗先商之形式的僵化底. 以更鉴行我們自己之問題的探洋共).

B. 一種健全的好奇心. 並且也要有一種對根本材料之本質的不断地探求之欲望.
  設計中啊需要勇氣口.

(的) 青長儀.

家庭厨房.

　其专需要: 排水.供水.电.燃气.
　　　　　　按需和合. 改变位置.

　一切基注: 合理的布局方式.特属的环境.特霉川
　　　　　　对象.

U字形.　　可扩展单一的功能. 但需要较大的
　　　　　　面积不最佳.

　　　　　　:活动空间.

L形　　　　以实用为主.

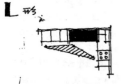
　　　　　　小空间.

画廊式　　　老多利用有限的空间.

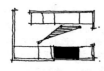
　　　　　　增厉空间.

岛式:　　　功能.形式.加以充分考
　　　　　　虑. 功能多样化.

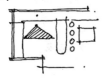
　　　　　　大空间.

风格.

　　以材料和用对比处理.风格.

• 地中海式:
　全主导.纯净的气氛.
　采用石材. 大理石. 花岗石. 抛毛石.

• 乡村式.
　原始味.
　天然材料. 木头. 竹子.

• 新田园式.
　轻松气氛. 浅色.
　木制. 板式. 油沈.

• 城市现修式
　简单的趣味.
　几何圆形. 多种材料↑GO.

　板. 石. 玻璃. 等可塑等处理的材料.

• 高技式.
　平滑. 冷的气氛
　玻璃. 金属. (不锈钢. 钢. 铁. 铝.)

11 Monday

12 Tuesday

13 Wednesday

Thursday 14

Friday 15

Sunday 17

WK	M	T	W	T	F	S	S
31					1	2	3
32	4	5	6	7	8	9	10
33	11	12	13	14	15	16	17
34	18	19	20	21	22	23	24
35	25	26	27	28	29	30	31

18 Monday

19 Tuesday

20 Wednesday

Thursday 21

Friday 22

23

Sunday 24

WK	M	T	W	T	F	S	S
31					1	2	3
32	4	5	6	7	8	9	10
33	11	12	13	14	15	16	17
34	18	19	20	21	22	23	24
35	25	26	27	28	29	30	31

25 Monday

26 Tuesday

27 Wednesday

任务：① 打防盗网。
　　　 ②
　　　 ③

29

30

AUGUST-2003
WK M T W T F S S　　　50°拍　　　Sunday 31

1 Monday

2 Tuesday

3 Wednesday

4 Thursday

5 Friday

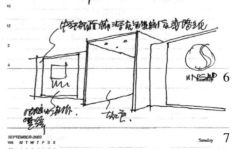

6 Saturday

SEPTEMBER-2003
WK M T W T F S S　　　Sunday 7

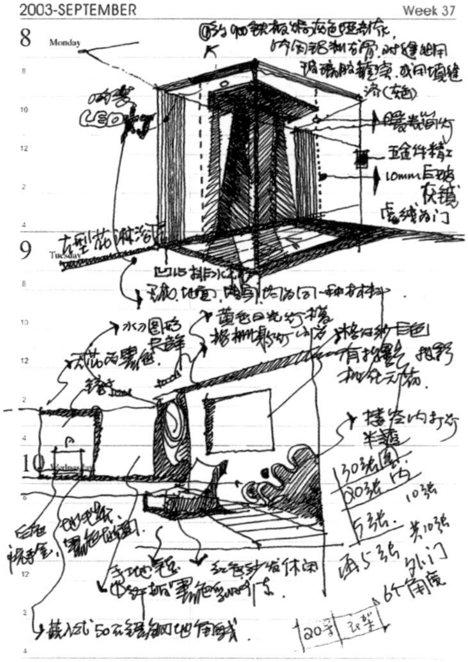
2003-SEPTEMBER
Week 37
8 Monday
9 Tuesday
10 Wednesday
LED灯
暖光筒灯
10mm 玻璃
灰镜

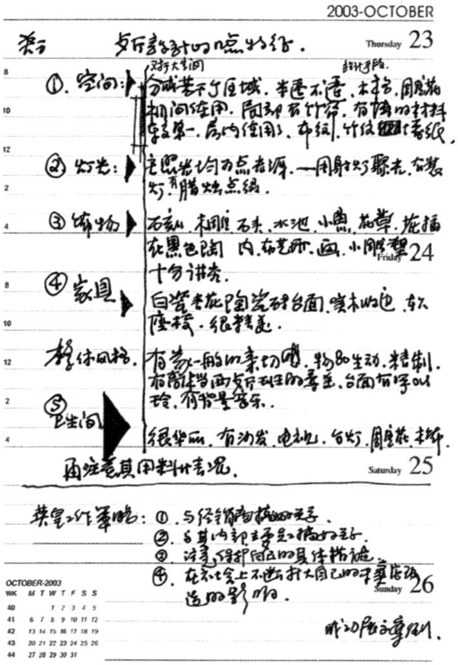
2003-OCTOBER
23 Thursday
①. 空间:
② 灯光:
③ 饰物
④ 家具
整体风格.
⑤ 卫生间
24 Friday
25 Saturday
26 Sunday
OCTOBER-2003
WK M T W T F S S
40 1 2 3 4 5
41 6 7 8 9 10 11 12
42 13 14 15 16 17 18 19
43 20 21 22 23 24 25 26
44 27 28 29 30 31

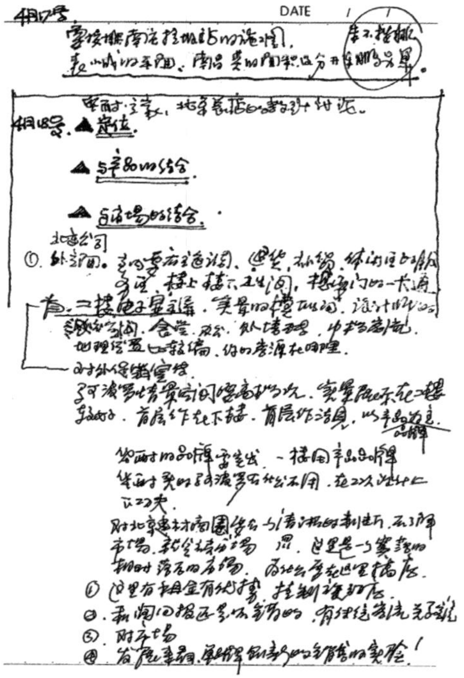
4月17号
DATE / /
4月18号. ▲ 定位.
▲ 与产品的结合.
▲ 与市场的结合.
北京公司

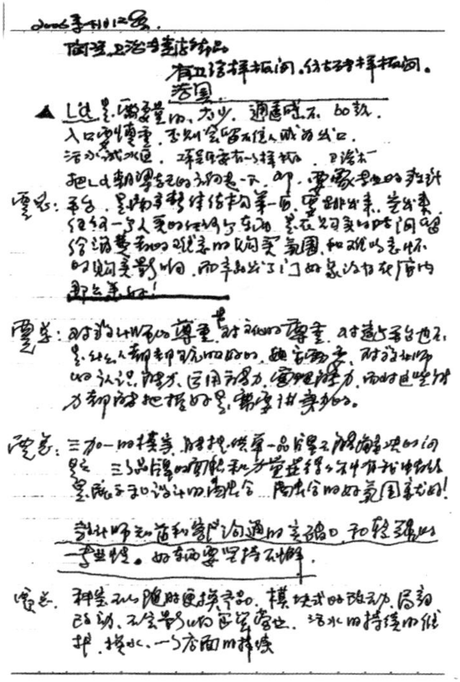
▲ LV
重点:
重点:
重点:
重点:

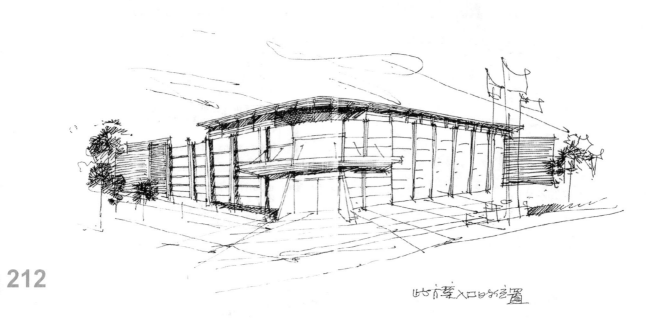

此方案入口的位置

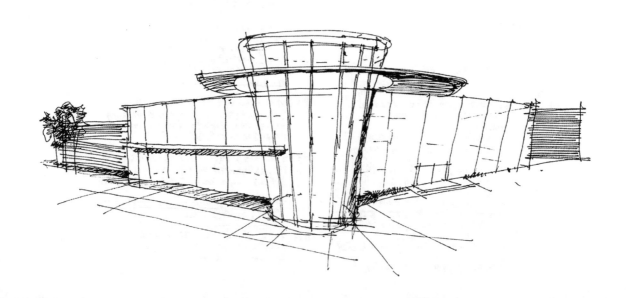

某家具博览中心外观草图

某家具城建筑立面设计

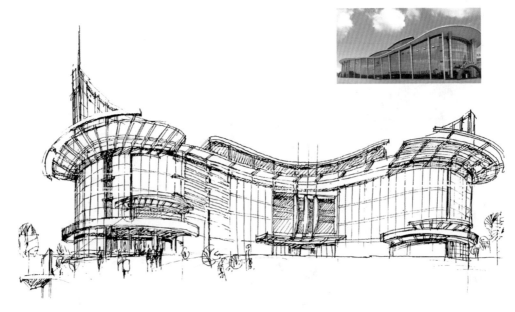

某博览中心外观草图、建筑实景

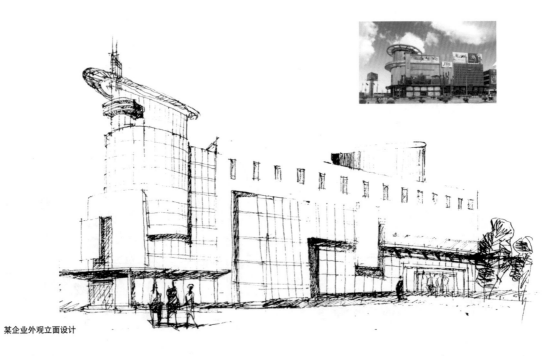

某企业外观立面设计

东建江门景苑别墅环境设计:

　　作为一个别墅环境设计，不仅要考虑到别墅本身的造型设计，还要考虑到它与别墅外花园的整体布局，要使整体规划合理。如小花园、水池、小石阶等。

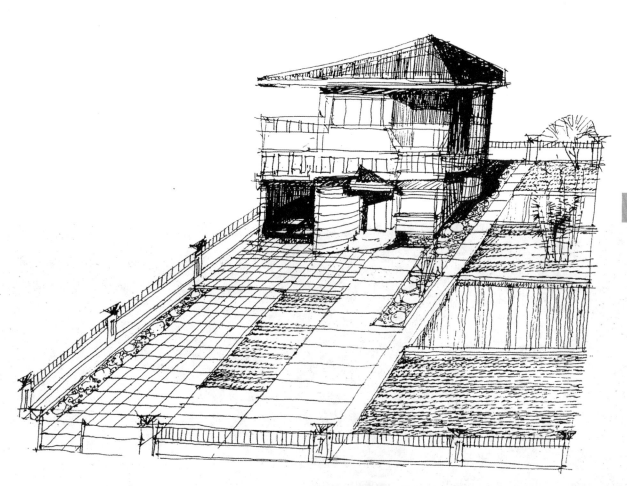

A型别墅环境设计

融入"山水城市"的"山水广场"

——三水市云东海旅游区中心区广场规划设计

一、概况

中心区广场位于云东海旅游经济区中心区的东部。东起云东海(观光)大道,南邻白沙湖,西至中心行政区,北侧隔湖与社边村相望,规划面积约为11公顷。规划地块现状地形为东高西低。

整个旅游区为丘陵地带,有着很好的自然植被。整治中的云东海、白沙湖使得中心区广场在蓝色与绿色的衬托下格外的清新,成为大自然中的点缀。

二、规划设计依据

1.国家、省、市的建设条例、规范、规定;
2.云东海旅游经济区总体规划;
3.云东海旅游经济区中心控制性详细规划。

三、规划原则和总体构思

(一)规划原则

1.体现场地自身特征(云东海,白沙湖,丘陵地带,规划中的行政、商业、生活区);

2.体现优秀的传统历史文化特色、民居建筑空间特征(有院落、廊、亭、对景、借景);

3.符合新生活方式和现代管理原则;

4.将建筑活动由破坏自然转变为利用自然、再造自然、融于自然(在有山有水的环境中形成与山水共生的山水广场)。

(二)总体构思(对人类融入自然、造化自然的人文意境的寄托注释)

1.创造一个具有哲理和个性的聚落空间形态。

通过对空间的组织和处理,加强整个区域的向心力和内聚力,使处于其中的人们产生共同的凝聚感。

使环境具有庄严感——感到政府部门的严肃但有人情味;

使环境具有场所感——有亲和的气氛,有利于广场交往;

使环境具有亲切感——空间尺度宜人,使人愿意逗留。

2.在特定场所因素中寻求最佳空间理念,通过利用地块的各种天然有利因素及对各种不利因素之转化,对广场、建筑进行合理布置。

3.在把广场环境秩序化的过程中,通过环境的"意"与"境"的创造和对空间的理解,追寻人类原有的诗性本质。

四、规划设计特点

(一)空间组织

1.突出空间的起伏与层次、主从与重点。

寻求场地中心及轴线关系,形成主、次两条垂直轴线。

主轴线以行政中心为统帅,以云东海为背景,互为借景。此条轴线有严格的

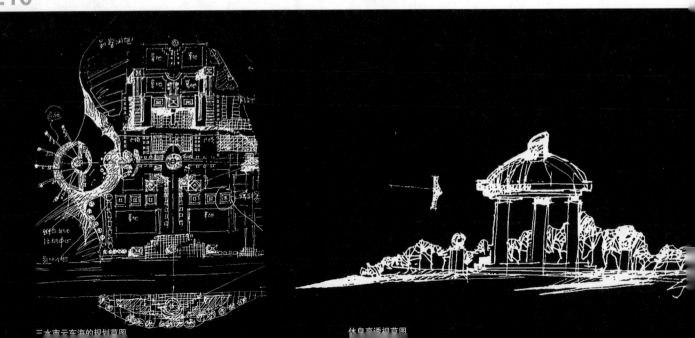

三水市云东海的规划草图　　　　　　　　　　　　　　休息亭透视草图

空间秩序，所有轴线上的环境共同衬托出行政中心特有的庄严感，使体量不大的行政中心具有良好的空间效应。

次轴线与规划中的商业街相对应，以小巧的文化中心作为轴线的收束点，既起到了空间停顿的作用，又让视线有了延伸的余地。

主轴线的严谨与次轴线的跳跃很自然地划分了行政广场与休闲广场，使得人们有不同的场所感，但又碰撞得毫无痕迹。

2.充分利用现有环境，把建筑点缀于山水之中。

场地有2米多的自然高差，设计中尽量利用平整好的土地，建造大面积的广场，而把行政中心置于高处，一则突出了行政中心的地位，二则充分利用场地停车，三则使得广场与建筑有自然的分隔。

（二）环境景观设计

1.将水体作为空间的界定因素。

"引水入地"——设计中将临近白沙湖的集会演出中心开出了一个自然的水面。水面的形成，不仅令总体设计与原有地形结合更为和谐，空间更为灵活，而且让演出中心与广场有了界定，更有了良好的背景。

"三水归一"——次轴线上设计有三个水景点，寓为"三水"，在主、次轴线的交汇点上的景观雕塑寓为"归一"。

2.充分利用借景、对景，形成特有的空间形态。

从行政中心望去，临云东海的小亭成为视线的焦点，借用蓝天白云为背景，感觉空旷无垠。

演出中心的弧形镂空墙，既可作为演出的幕，又可利用其自然形态作为取景框。

3.错落有致的绿色空间。

广场在划分上，考虑到人的因素，把广场分为不同的区，让每一个来的人都能感受到广场的不同魅力。有集中的广场，有大片的绿地，有可以休息的场地，有可以活动的地方。所有的环境都围绕着自然而形成，使每一位来者进入自然的怀抱。

4.具有特色的环境小品。

主雕塑为半圆发光球体，似地球，似眼球，用老话来说是"胸怀祖国（三水），放眼世界"，用新话形容为"让世界了解三水，让三水走向世界"。

小雕塑设计为塔式，传达了一种凝固、向上的精神，晚上则为路灯。

四个中心主雕塑为花形和柱形，强调了轴线的中心。

5.独具匠心的绿化配置

根据不同的场所，精心配置植物，然而在每一个地方有不同的感受，与自然更为融洽地结合。

（三）交通结构

1.广场交通路线。

广场的人流主入口临近云东海大道，方便人们进入广场，并使得行政中心

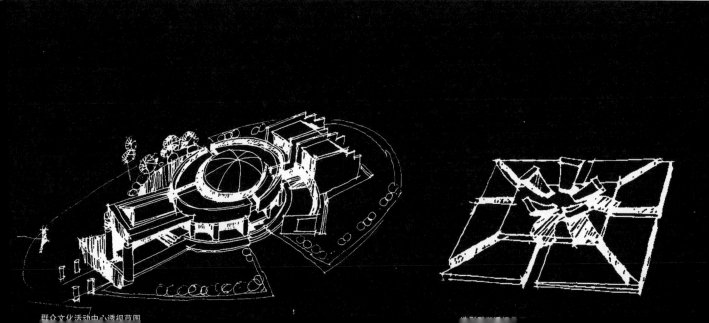

群众文化活动中心透视草图

在云东海大道上有很好的景观效应。通过正对行政中心的道路，人们可以分散到各个区域。广场内部有清晰的路线，结合完善的步道系统，进行无障碍设计。

广场的车辆停放集中于内环路一侧，临内环路划出专门的一区，在交通上，不与人流交叉，又不与行政中心车流混杂。其自成一区，在景观上对广场的干扰最少。

2.行政中心交通路线。

行政中心主入口位于内环路一侧，与广场形成有效的界定，有自己的交通路线。利用高差，形成左、右两个停车场，并有一个地下车库。在最有效的空间里，用最有利的方式解决车流问题。

行政中心后侧的货物入口，在紧急情况下，可用作消防。

(四)单体设计

1.表达多层次的主题。

设计时，考虑到政府建筑完整、严谨、统一的共性，又注重两者特定场所下的主题。平面构图严谨，中心对称，轴线明确。两层高的大厅联系了整个大楼，大楼形成便捷的交通路线。

两侧的南北向办公楼围合成一个内庭，使建筑真正点缀与环境之中，也使得建筑有自己的空间。

以坡层顶为造型元素，更好地融入环境，与规划周边的建筑和谐相处。在兼顾环境和谐的同时，尽量让行政中心更具庄严感。在建筑细部的处理上，遵循相同的原则，使整体与局部一致。

2.与地域环境交融。

尊重环境、天人合一的思想贯穿于设计的始终。总布局上，注意与室外环境的关系，在行政中心的背面，用一道有洞的墙界定政府与外界，起到了视线阻挡的作用。同时，有洞的墙又成为一屏风，环境尽收眼内。在有阳光的时候，美妙的光影变化更把建筑与环境拉到了一起。

五、技术经济指标

规划总用地：11公顷

行政中心占地面积：3,248平方米

行政中心总面积：10,450平方米

218

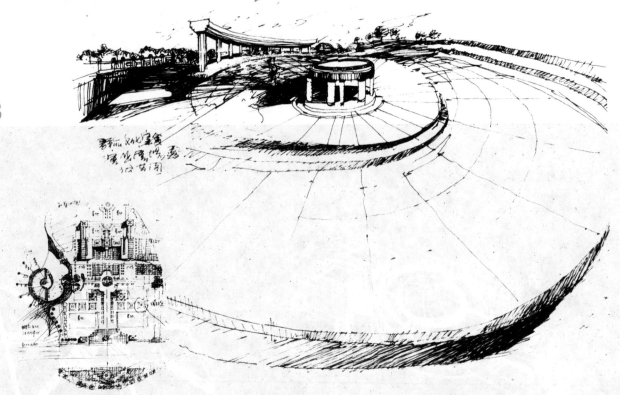

集会广场透视草图：

此广场以一个圆形环心状进行构思，一个1/4圆的环形罗马柱廊立于广场的中心一旁，形成休闲广场，并体现出广场的雄伟。

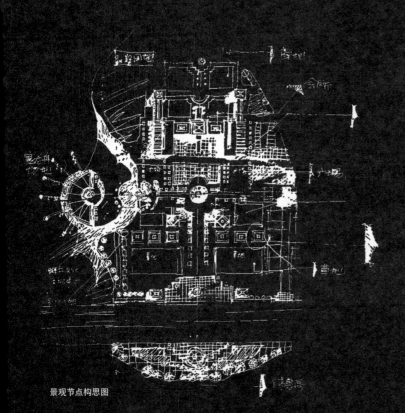

景观节点构思图

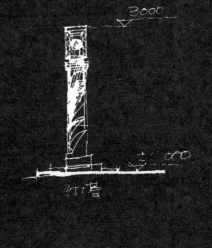

灯塔

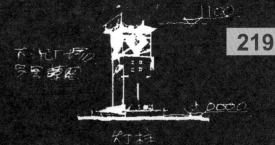

灯柱

中央雕塑喷泉透视图

云东海休闲亭构思方案:
此方案中体现休闲的同时也体现出一种形式美。体现出的是一种现代设计，摒弃
繁琐，追求简约。

挡土墙上的壁饰:
壁饰或是城市的浮雕，不仅仅是表现一种审美，同时也体现出一种内涵，一种
城市形象，对一个空白的墙面来说，当然也是一种点缀。

石湾政府入口水池构思草图：

此方案是为石湾政府所作的入口水池构思草图，在设计手法与构思上运用对称、重复、通向等，以体现政府机关的团结、严肃、崇高，正方形后曲线部分是石湾公仔与彩陶瓦片。

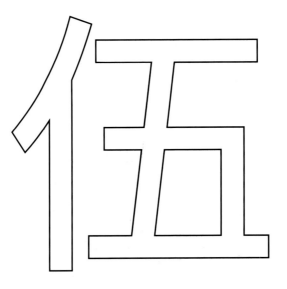

品牌的思考

在设计界滚爬近20年，总以为自己有了些沉淀和经验，并具备了少许设计成就感，但却在新名词面前感到失落，虽说"活到老，学到老"，但这只是一种学习态度，人的精力、能力总有个限度。品牌虽不是什么新名词，在中国备受瞩目也没几年，但正是没几年的新玩意正在引导营销界，也影响着设计界。在我谈感想之前先引用当代营销学高人菲利普·科特勒的话："成功的市场营销种子应该在公司开发产品时就播下，中国企业需要花更多的时间研究和选择它的目标市场，然后为了目标市场而更好地设计产品，并且运用有效的分类方式到达这个市场，再为目标市场创造不同的优质产品。"品牌这东西说大则大，说小则小，在我看来品牌无非是个名称，是个符号，狗娃、牛娃随便叫，好记就行了。中国陶瓷大品牌都喜欢叫外国人的名字，而且都是中世纪的欧洲人，也不知道这些人与瓷砖有什么内在关系……回想过去，30年前，当我们中国人还不太明白什么是产品品牌时，海鸥照相机、永久牌自行车等国产名牌家喻户晓，深入人心……为什么呢？品牌叫得响亮、知名度高当然好，但真正要叫好的是产品质量，产品越好，品牌才越好。相反呢？产品的质量是品牌的生命线，是保证。设计师应把眼力、精力、记忆力放在产品上，对其规格、色彩、肌理进行深入研究，并记忆犹新，才能在空间里运用自如，并引导帮助你的客户群发掘内心深处真正喜欢什么。我们深知，企业和品牌的思想不是喊出来的，也不光是靠钱、靠广告堆砌出来的，是点点滴滴几代人一步一个脚印走出来的，是靠产品质量和良好的口碑实实在在干出来的，其中隐藏着不少宝贵的财富，也有过不少的教训和经验。多年来，我们在各种政策形式和制度运作中曾交过昂贵的"学费"，为了不让这些宝贵的财富在手中遗失，并吸取其中有益的东西，扬长避短，我们尽最大可能挖掘那些与企业息息相关的、有价值的、有内涵的物与事，在整个空间设计里紧紧地围绕这一骨架进行贯穿、刻画和渲染，为其造血，增添强壮的肌肉，运用一切可以利用的、适当的、准确的设计手段，为其塑造陶瓷行业的灵魂和品牌形象。

广佛都市网办公室

项目地点：佛山东平新城区
建筑面积：2,500平方米
空间性质：网络办公
主要材料：亚克力，三聚氰胺，隔音板，绿可板，复合板，环保漆，金属喷粉，墙纸等
设计时间：2009年2月
竣工时间：2009年6月

如今的国际办公室装修潮流可谓百花齐放。由于城市人口的流动性强，住宅可能只是暂时居住的地方而公司办公室则是铁打的营盘，在办公室的装修上自然不遗余力。

在20世纪90年代初期，大开间办公室风靡一时的时候，比尔·盖茨却坚持给他的程序员每人一个11平方米的独立办公室，让每个人在这个相对独立的空间里按照自己的个性布置。在这种充分尊重个性的环境中，开发人员的智慧才能得到充分发挥。不论职位高低，所有微软人的办公室都在11平方米左右。这样的办公室环境昭示着一种思想：人人平等，张扬个性，同微软"尊重个人创造力"的形象相得益彰。

由此可见，办公室的装修一定要体现公司独特的文化。通过装修装饰体现出来的公司文化向来访的客户和员工展示了公司对他们的基本认知，这些表现在整体的风格和装饰的细部。"办公室的装修涉及两个问题：一是公司的文化，二是公司的实力。"

装修风格，各具特色任君选。

装修办公室最重要的是风格的选择。根据网络公司行业特征，办公空间设计风格：

1. 现代型：普遍适用于中小企业。造型流畅，大量运用线条，喜欢用植物装点各个角落，通过光和影的应用效果，在较小的空间内制造变化，在线条和光影幻变之间找到对心灵的冲击。

2. 创意型：适合艺术、工艺品、品牌公司。造型简洁，用料简单，强调原创的特征，尽量不重复，在造型上具有唯一性。

3. 简洁型：简单进行装修和装饰，强调实用性，较少装饰和个性。一般适用于小型公司和办事处。设计取得整体风格的一致。

根据职业的特征来选择装修风格是基本的方法。在职业的共性之外，如何突出个性，就是VI设计多发挥的作用。公司标志，标准色搭配所表达的内容是一个公司递给生意伙伴的第一张"名片"。在装修设计上，首先要从总体布局上考虑公司CIS的渗透性，尤其是在装修风格上将公司的产品、服务和服务对象，考虑进每一个细节。这不仅仅是在磨砂玻璃上或者前台后面做一个公司标志这么简单，仅有这些是不够的，浓缩了公司文化精华的公司标志应无处不在。

其次，在色泽搭配上应考虑与标准色的配合问题，将标准色大块用在墙面的做法已被摒弃，虽然大色块对人们的视觉冲击力强大，但办公室仍然有别于商铺，优雅的着色搭配，将标准色融合在办公室的整体氛围之中才是潮流之选。标准色一般用于地面和墙面，普遍的观点是如果标准色是浅色，用在墙面；如果标准色是深色则用于地面。

加强公司的实力感。通过设计、用料和规模，来体现一种实力的形象化。

加强公司的团结感。通过优化的平面布局，使各个空间既体现独立的一面，也体现团结的一面。

加强公司的正规感。这主要是在大面积的用料上来体现，例如600mmX600mm的块形和地毯，已经成为一种办公室的标志。

加强公司的文化感。这最主要是体现在设计元素上面，将公司的形象设计反复出现，形成一个公司独有的设计元素。

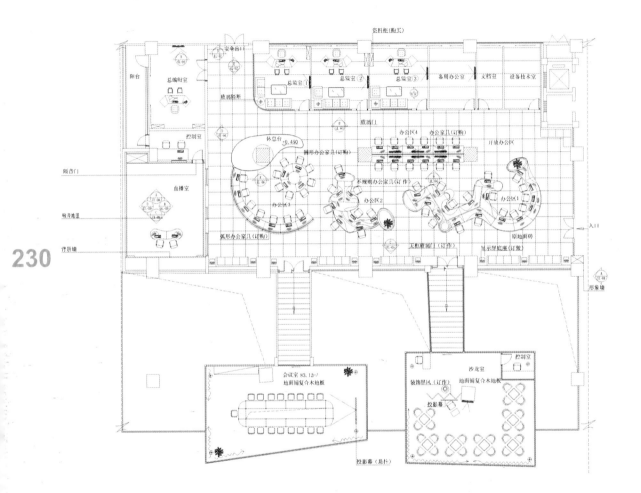

232

建材超市

项目地点：佛山市禅城区季华五路
建筑面积：3,700平方米
空间性质：展厅
主要材料：金属喷粉，黄杨树脂漆，马赛克，软膜等
设计时间：2009年5月
竣工时间：2009年9月

陶瓷展示研究的是卖砖的文化，而卖砖本身就是一种文化，一种商务文化，一种严谨的精神，一种认真负责的工作态度。其实，把砖卖好，把生意做好，就已经是美好的了，这也是做好陶瓷展示这一商业空间的目的和根本。引导消费者如何运用、如何铺贴，这便是卖砖人的文化内涵，有内涵则有精气神，有了这种内在的精神也就有了强大的生命力，设计师能做到这一点已经很不错了，也很不容易了，因为设计师不是营销高手，更不是文学家和思想家，放弃运用美的规律，放弃创造性的思想方式，放弃务实的工作出发点，都是不

明智的。以真实的出发点、真实的心态，去面对寻常百姓的审美需要，用简单的操作方法去操作、去设计，是陶瓷空间应该提倡的文化内涵。我们的工作方向是将陶瓷企业的文化与陶瓷本身结合好、组合好、搭配好。因为，所有形式、文化内涵终究的焦点最后都是要放在卖好砖和砖好卖上。

结论：陶瓷展示空间有两把尺，这两把尺缺一不可，但需分清主次。

一把尺是物质的，占投入精力的70%；

一把尺是精神的，占投入精力的30%。

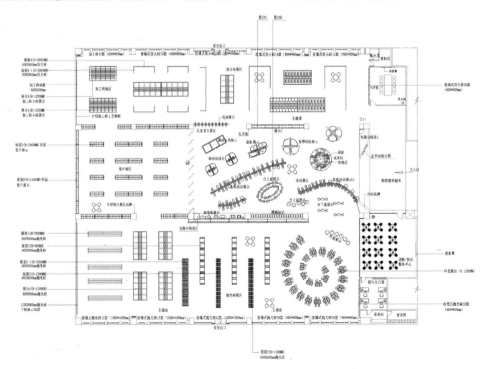

平面图

238

建筑面积：450平方米
空间性质：陶瓷展示
主要材料：陶瓷,砂钢,有机玻璃,LED灯等
设计时间：2005年3月
竣工时间：2005年6月

设计的主题文化与企业、陶瓷本身有直接和间接的联系；
陶瓷展示应融入陶瓷企业品牌文化；
陶瓷展示的文化内涵是好好卖砖；
设计师对陶瓷产品的组合、搭配、运用有着极为重要的作用；
用建筑的语言表现陶瓷这一建筑材料；
设计、导购、客户　　三位一体的概念；
把生活空间内容与陶瓷系列直接挂钩。

九大首创：
首次将设计师岛的概念引入陶瓷展厅；
首次将瓷质加工砖用于天花（可作灯槽，可以开孔装灯）；
首次将人造石与抛光砖结合作前台；
首次将手绘设计稿直接加工成型并运用；
首次将LED变色灯在陶瓷展厅的品牌标志上加以运用；
首次将平面构成的美学知识运用到陶瓷展示中；
首次创作出七种陶瓷展示方式；

首次将半成品的陶瓷加工为成品，如家具、灯具等；
首次将自然光用于陶瓷空间。

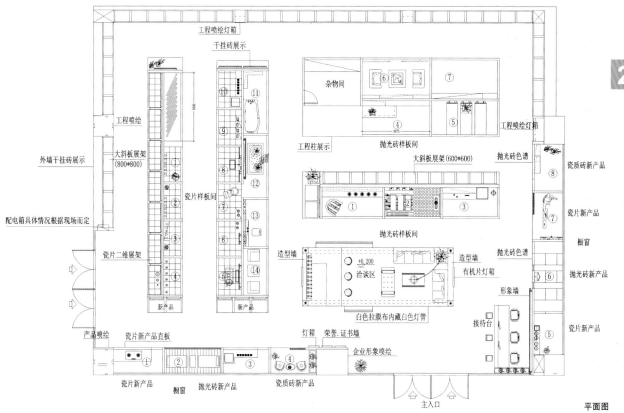

平面图

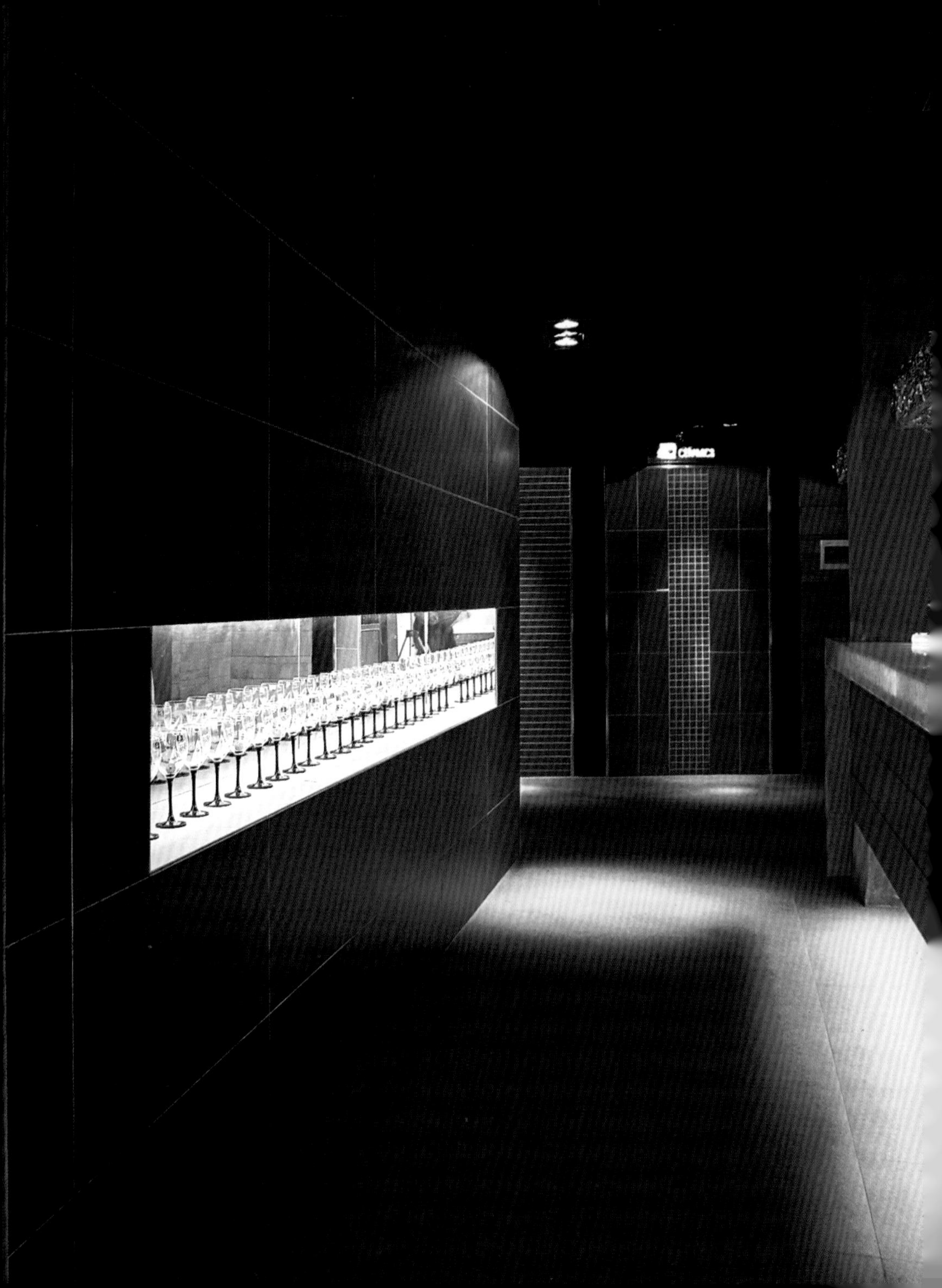

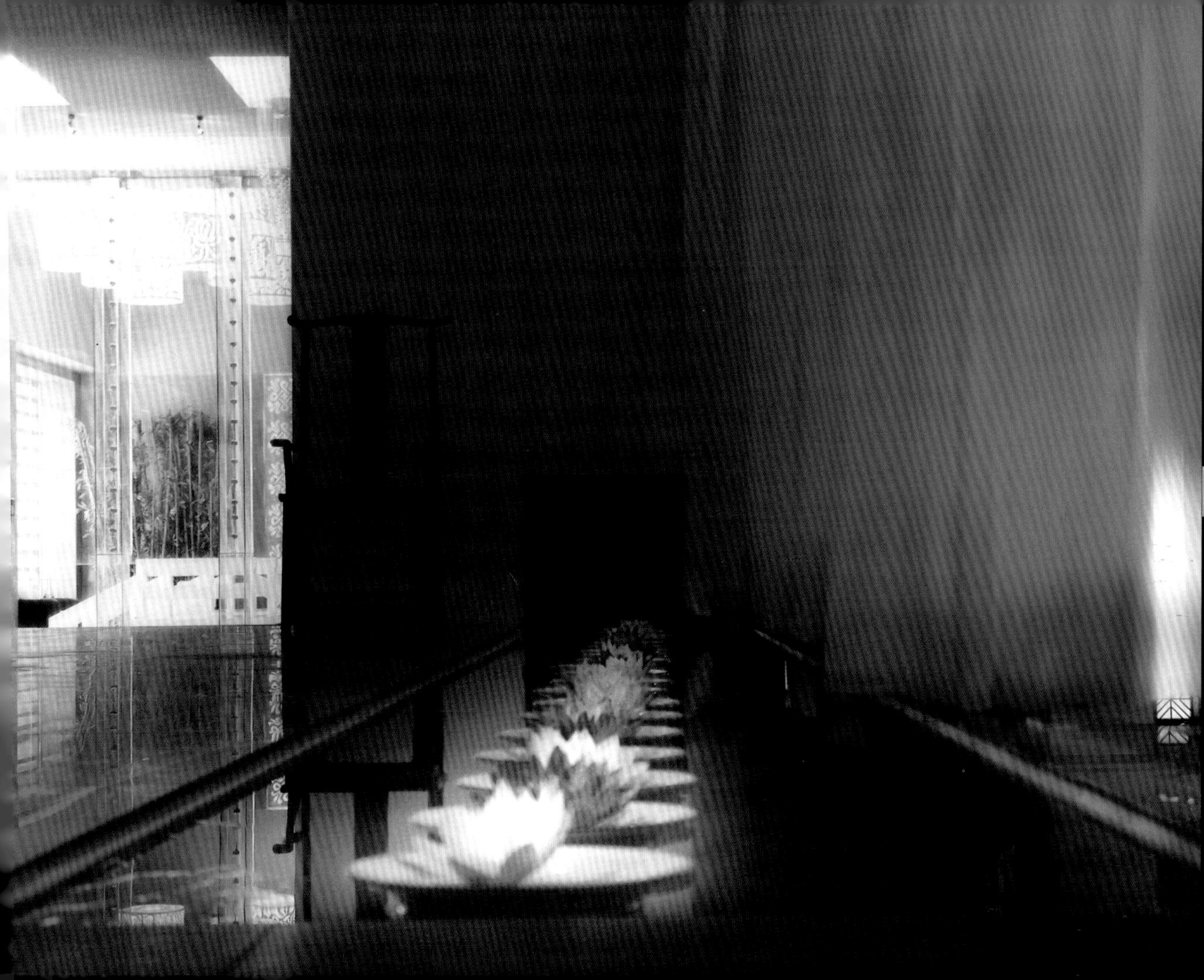

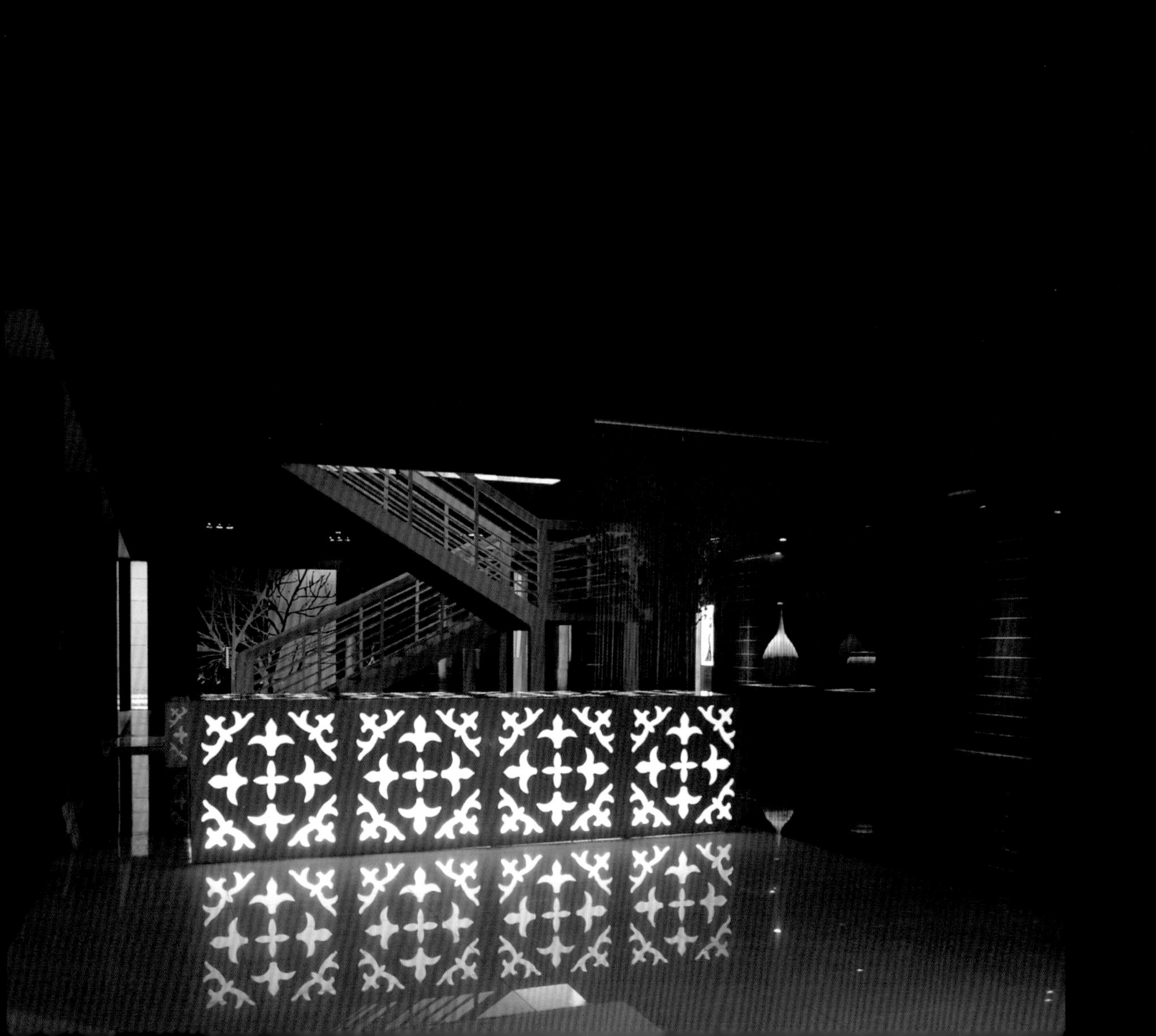

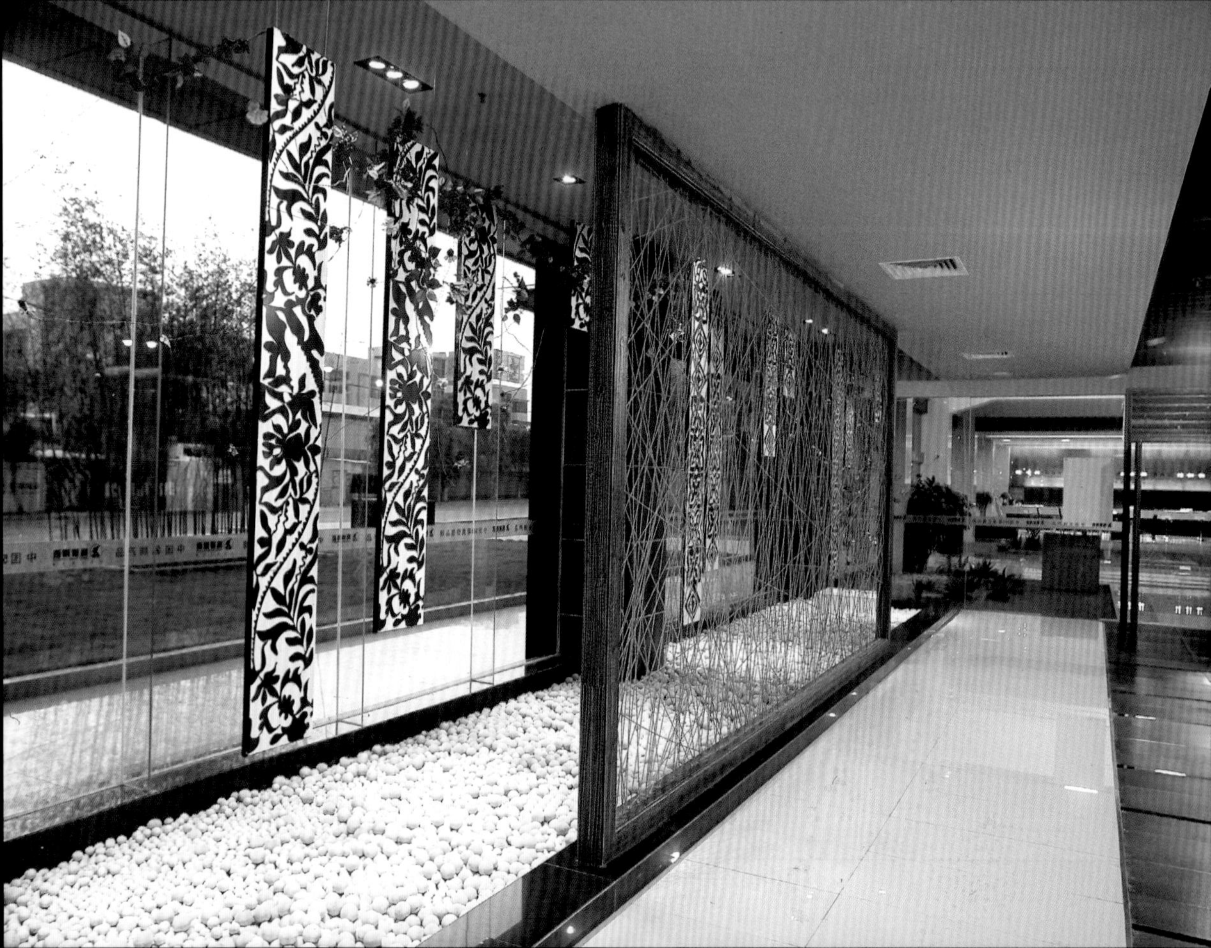

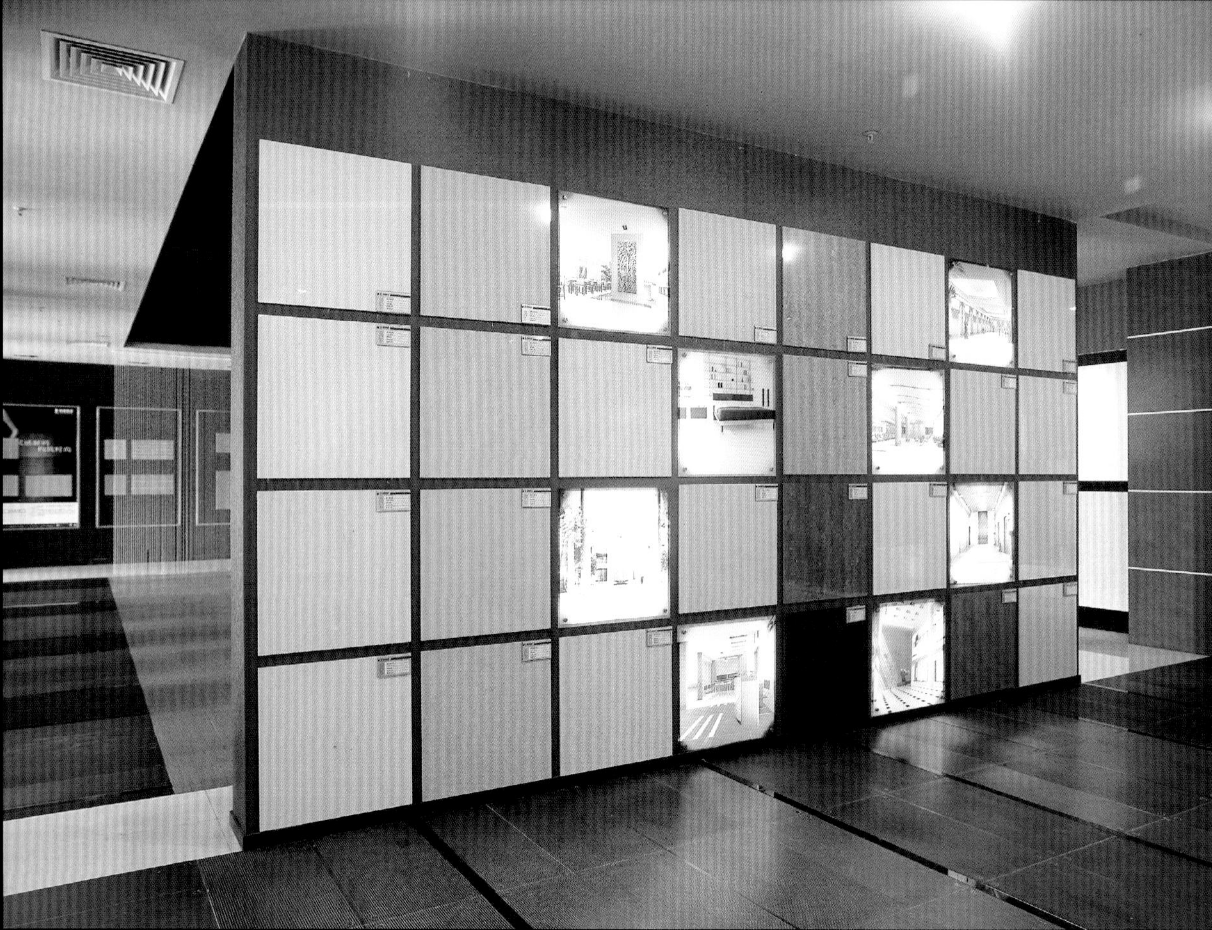

角 色

　　只有演员才常说角色及角色赋予的职责、使命等，设计师有无角色、职责或者说主要工作职能等问题呢？回答是肯定的，设计师对项目的多方面进行把控、定位，尤其对空间的形式，有绝对话语权。设计师是要把已掌握的专业知识理解、升级、再创作，然后传播出去。设计师与客户的关系有些时候像是"夫妻"关系，某某项目如同接受教育成材后的"孩子"，母亲在这个孩子的成长及思想的发育期付出了许多，同时为孩子日后有所作为而打好了理论基础，她的角色是所谓的基础教育者，但这个孩子是随父亲姓的。空间交付使用后就属于业主的了，如果他们运作很成功，设计师可以分享喜悦，如果运作得不好，设计师就有些问题了，最起码也是看走了眼，方向错了，或者说角色没当好，设计策略出了问题。一个全面的设计师既会坚持自己的正确信念，又能与人友好相处，所有困惑均可以通过自我调和、自我解惑、与人沟通、虚心求教来解决。设计师应用善良的心去善待别人，说起来简单，在动笔时要知道关心你的甲方也不是那么容易的事。我们设计师应有高深的自救能力、顽强的抗击打能力。设计师受过艺术教育可不等于就是艺术家，我们设计的内容技术成分比艺术成分比例更大；设计师不是政治家，但要了解政治，并有敏锐的政治嗅觉，识得轻重；设计师不是经济学家，但要会计划会统筹；设计师不是出色的商家，但要略懂经营，会算账，尤其必须知晓工程预算、材料费、人工费，因为项目经理无法准确判断你的设计创意。我认为我们要成为一个地道的"杂家"、哪里都能用的"万金油"，要把厨师的配菜手法，医生的诊断秘诀，销售员的营销思维，基建科科长、计划办主任身上的基本工作特征，甚至马路摆摊卖"英雄大力丸"（胆子大）等从事一切服务行业者的特性都集中起来，凭借对这些行业了解的三板斧，结合自己的专业素养，也许可以做出意想不到的设计。多思考、勤动手，不要全依赖电脑，只有人脑高度发达，电脑才能更发达。谈到设计师的角色问题，"要知道梨子的滋味，先亲口尝一尝。"绘画创作先采风、写生、编剧、导演，把自己当成角色去体验生活。设计师要像演员一样寻找适合自己表演的角色，越是在我们未被认可之前，越是要选择，只有选择到了好的适合自己的服务对象，彼此之间相互欣赏了，并真正获得了信任，双方才可能获得满足，可以说："此刻，你幸福着，我快乐着。"

浪漫瓷都

项目地点：佛山市禅城区江湾路
建筑面积：2,900平方米
空间性质：陶瓷展示
主要材料：陶瓷,金属墙纸,亚克力,软膜等
设计时间：2007年2月
竣工时间：2007年7月

　　浪漫瓷都记瓷都之事物，虑数十种砖之运用、组合、搭配、切割。然顾众展示，大都偏于一端。或偏重文化、或专载历史、或疆域过广、或略陶瓷本身。瞻圣人之仙气，伟人之灵魂，采古为今用、洋为中用之深厚精神、立民以现代化装饰之本，求高质量生活之愿，讴歌一首以砖为主旋律之曲，传诵砖的浪漫故事。盼阅者观之既感浓厚兴趣，共鸣于景物之间，亦以得实用之助。此为设计之主旨。于此，致谢于众出谋划策之士、出资与力之同仁，亦以资激励奋发。

270

左下图：链接
右　图：倾斜

木纹砖系列
6000*600仿古砖展示
见详图EL-11

阿尔卑斯系列
6000*600仿古砖展示
见详图EL-11

午后印象系列
6000*600仿古砖展示
见详图EL-11

消防栓

米兰时尚系列
6000*600仿古砖展示
见详图EL-11

272

流金岁月系列
6000*600仿古砖展示
见详图EL-11

女卫生间

男卫生间

仿古砖组合铺贴展示
见详图EL-12

工程展示灯箱

仿古砖组合铺贴展示
见详图EL-12

卫生间
卫生间
⑤
⑨ 接待区
⑩ 休闲吧
⑥
⑦ 卫生间
⑪
⑧ 卫生间
⑫ 香水店

上

二维展示
见详图EL-2D

消防栓

玻璃透光图案墙
见详图EL-13

① 厨房
卫生间
③ 卫生间
弧形墙
元素展示区

浅浮雕图案墙
见加工砖详图(附件1)
电视

设计师岛

透光柱2
见详图EL-05
展砖台
见详图EL-06

橱窗展示区

透光柱1
见详图EL-01

柱3详图见EL-03

茶几见详图

10厘钢化磨边清玻璃花槽

入口

仓库陈列

阳台

厨房

厨房

餐厅

-0.150

仓库陈列

卫生间

卧室

客厅

仓库陈列

石白

庭院休闲区

-0.150

+0.150

中心水池

-0.100

+0.000

沙井预留

沙发见详图

加工喷漆玻璃见详图
EL-01

梯底墙见加工
详图(附件1)
弧型墙见详图
EL-15

±0.000

±0.000

工程展示灯箱广告

世界地图水刀图案
见水刀加工详图
(附件1)

储藏室

消防栓

门厅

值班室

上

热销产品、新产品区
见详图EL-19
①
②
见详图EL-19

直板展示区

直板展示区

直板展示区

砖砖台

吧台

酒吧展示

接待台

前台接待区

形象墙

休闲区

消防栓

平面图

曲 线

弯 曲

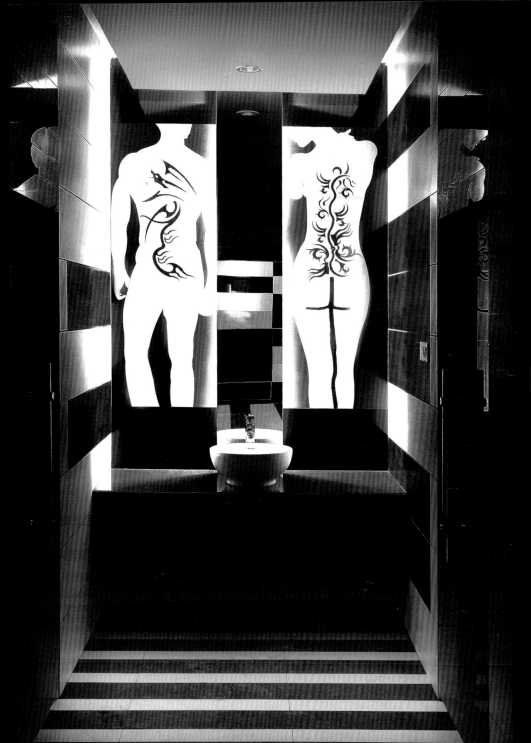

男左女右

275

企业总部

项目地点：佛山市禅城区华夏陶瓷城
建筑面积：7600平方米
空间性质：办公陶瓷企业总部
主要材料：瓷制薄板,环保石漆,羊皮纸,绢,榆木等
设计时间：2008年6月
竣工时间：2008年8月

综合而全局性的构思，精心充分的准备工作，使我们有幸成为本项目的总设计。既然作设计是为业主解决实际问题，于是，我们的角色就成为企业的总策划、总顾问或销售总监。我们将会面临如下问题：

如何花钱、位置、比例？
目的是什么？
解决什么问题？
树立什么样的行业特征？

如何面对工程客户？
如何面对零售客户？
如何利用原建筑可利用的价值？
怎样用建筑的语言改造建筑？

276

光

构

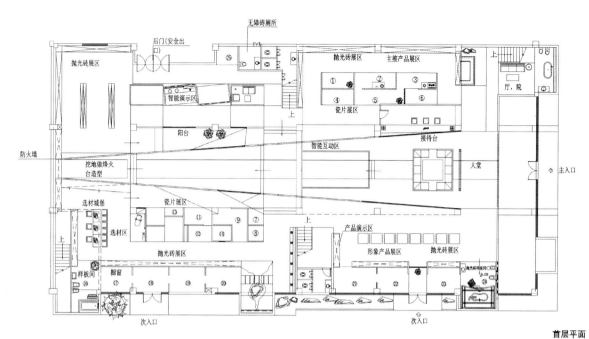

无障碍厕所

后门(安全出口)

抛光砖展区

智能演示区

阳台

抛光砖展区　　主推产品展区

① ② ③

④ ⑤ ⑥

瓷片展区

上　　厅、院

防火墙

挖地做烽火台造型

智能互动区

接待台

大堂

⇧ 主入口

选材城堡

选材区

瓷片展区

⑬ ⑪ ⑨ ⑦

⑫ ⑩ ⑧

抛光砖展区

上

产品演示区

形象产品展区　　抛光砖展区

抛光砖析样间

样板间

橱窗

⑯ ⑰ ⑱ ⑲ ⑳

㉑ ㉒ ㉓ ㉔

次入口

次入口

首层平面

透

交 错

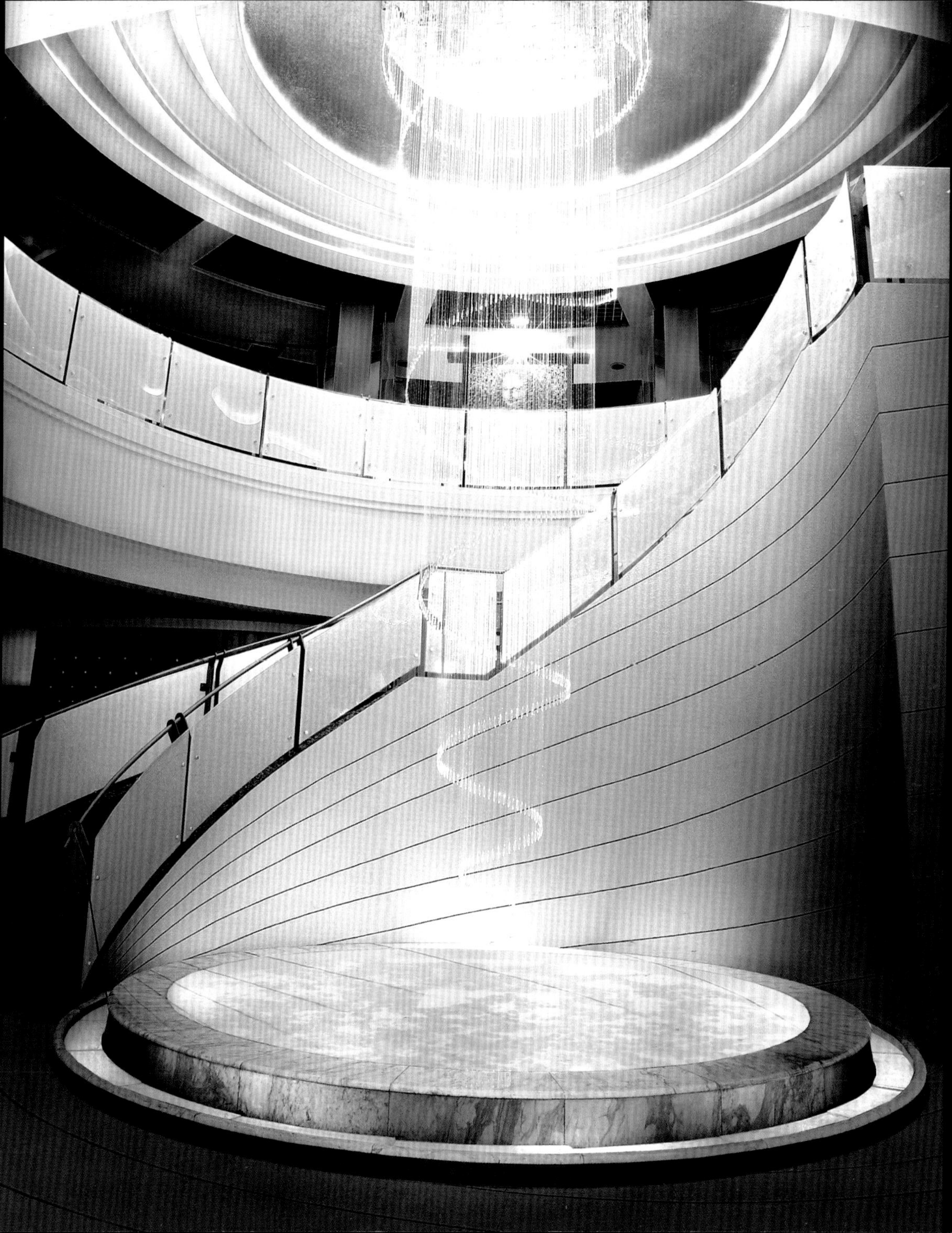

对 弈

想　象

从事设计行业的人不可缺少想象力，创意来自想象，笔在纸上摩擦发出的声音正是思想机器转动的声音，只有想象的发动机运转起来，设计与设计后的空间才会出彩，因为先有想象，后有空间，设计体验与想象的过程正是徒手工作的过程。想象是一个不确定而多变的元素，而徒手草图在这个过程中起到点火的作用，使想象有了具象的形式感。笔在纸上画出的笔迹与图形充满变数与偶然，而不是锁定在某一凝固不变的位置上。这种美感形式的认识与体验是统一在想象活动之中的，想象是空间、人、物三合一。用形、色、体通过设计师的想象、整合联系在一起，从而达到真正解决实际问题的目的，并把人们过去在神经系统中所形成的暂时条件联系起来加以重新组合，形成一个新的联系过程。它能够在人的头脑里表现出过去未曾感知过的东西，创造出一个新的形象，产生一个新的观念。高尔基说："想象在本质上，也是关于世界的思维，不过它主要是凭借形象来思维。"这点说得很好，分析想象活动，就会发现它有一个显著的特点，那就是离不开想象。

近年主要设计了许多专卖店项目，为尽最大可能地帮助业主提升销售业绩，思考了许多专卖店的设计形式、功能、产品运用等综合问题，什么问题才是最核心的、最关键的？回答肯定是形象的、直接的，为消费者创造无需想象的生活空间。或者说，因为消费者缺乏想象力，而只要展示有创造性的、合乎消费需要的真实而又恰到好处的空间，就可以直接带来良好的销售业绩。

记得儿时听过的一个小故事《我想要的和父亲想要的》：有个好吃零食的孩子，他的父亲时时刻刻都指望他能够改掉吃零食这个不良习惯。然而那个孩子一点也没有改掉的意思。父亲开始提防孩子，担心他会把家里的钱或值钱的东西偷去换吃的。但孩子虽说好吃零食，却从不偷家里的钱，买零食的钱是买油盐酱醋时省出来的，他以此来满足自己有需求的嘴……久之，被父亲发现了。

有一回，聪明的父亲扔了一分钱给孩子让他去买油。父亲想，我看你怎么把一分钱平分成两半用：一半买油一半买吃的不成？孩子到了店里，售货员给他装满了油，把瓶子递给他，手却不缩回去，孩子知道售货员要钱，就装模作样地在自己浑身摸了一遍，然后苦着脸说钱丢了。售货员无奈，只好把瓶子里的油倒出来，把空瓶子给孩子，而孩子用一分钱买了一块糖咂着回到家里。父亲说：油呢？孩子举起瓶子，瓶子底及壁上附着的油慢慢地流出了一小勺。父亲问，怎么这点油？孩子说，一分钱只能买到这么多。

对设计师而言，想象、预测、处理问题只是毫厘之间的距离。在我看来，在专卖店的设计中，最重要的元素是铺贴方式，成功的元素墙应该在可识别性、可引导性和激发想象力等方面有所创新，能够吸引进入到这一场所中的顾客共同参与、发现新的可能。在专卖店的设计中，我一直在寻找新的可能，并试图引导顾客发现更多的可能性。按照瓷砖贯常的用法，其背面是用来贴在墙上的，但我发现上面有很多条纹，将一些瓷砖的背面拼贴，会出现意想不到的纹理，有一种无规律的美感。我还将一直用于铺地的瓷砖，用来吊在天花上，它有安全、不变形和好打理等优点，这一运用虽然不能够在大面积空间中实施，但对于比较小的空间确实可以取得比较好的效果。此外，瓷砖甚至可以用来做柜子，这种柜子可以承受很大的压力，对于空间中那些不需要搬动和固定在墙上的家具而言，此类柜子的优点是很明显的。瓷砖运用的位置和方法是无穷的，而这些元素的发现和运用仅靠材料生产企业是不可能做全、做细的，这方面国内设计师很少有人去关注，我想：山中今无虎，猴子先称王，就由我先大胆地去指手画脚吧！

卫浴专卖店

项目地点：上海, 宁波, 佛山
建筑面积：约1,600平方米
空间性质：卫浴专卖店
主要材料：半抛砖, 黄杨树脂, 地毯, 纱幔, 尼龙线, 烤漆玻璃
设计时间：2005年至2008年
竣工时间：2008年5月

静……
面对密林聆听隐约的鸟鸣，
面对群山感觉出奇的安静，
面对湖泊看飞翔的白羽，
面对草原呼吸负离子的清馨。
在车水水流的都市里，
在急忙奔波的人群中，
在这悠悠天地—水间，
大脑出现一片空白，
甚至忘记了自然的存在。

　　卫浴，尤其是我们本土制造的卫浴，正以其追求空灵透彻、纯粹的场所精神，在浩瀚大地的一处小小自然中亦显山亦露水，而这种展现亦提醒着我们，在全球卫浴制造业中，有我们佛山的一个不可忽视的重要席位，我们度过了头脑发热和阵痛期，积累的血液之中融入自我研发的细胞。滋养着新一代卫浴行业企业家和设计师，在新材质与新技术的保障给养之下，重新发轫、更新、升级。

方形语言之一

287

方形语言之二

方形语言之三

错 落

纹 理

291

水纹之一

水纹之二

水纹之三

水纹之四

水纹之五

297

水纹之六

298

室内

室内

龙头交响曲

左图：圆形语言
右图：马赛克发光体

石材马赛克

镶 嵌　　　　　　　　　　　　　　　　　　　　　　　　　　　　　　　　　　　　　　　光 影

左图：休闲卫浴

上图：黑白纹理

主要材料：陶瓷薄板，抛光砖，竹藤，砂钢，软膜等
设计时间：2008年6月
竣工时间：2008年7月

　　时下各楼盘都在样板间上大作文章，其中好作品也是层出不穷，但仍然有许多样板房显得花哨，有耀眼的灯饰和强烈的射灯，有华丽的饰面板和聚酯漆。样板房顾名思义它也是给众人和给准备拿出一笔钱提高自己生活品质的举家过日子人们作样板用的，那就应该把楼盘最珍贵、最与众不同的特点或者说亮点拿出来，这是一句通常而平凡的话，问题的关键是什么才是最珍贵、最具有亮点或者说最值钱的呢？毫无疑问：环境和空间。

308

水秀茗轩

项目地点：佛山湖景路
建筑面积：7,850平方米
空间性质：餐饮空间
主要材料：大理石，金属浮碳漆，铁艺，榆木，墙纸，地毯，玻璃等
设计时间：2006年10月
竣工时间：2007年2月

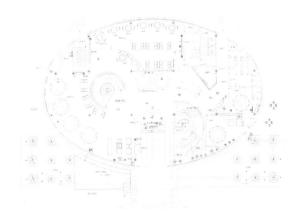

空间：对于大空间，分成若干区域，半透不透，木格、雕花相间使用，局部有竹帘，有墙的材料较单一，房内使用了布纹、竹纹墙纸。

功能定位：

国内的茶艺馆按照不同的功能定位，可以分为许多的类型，包括宫廷式、庭院式、厅堂式、茶楼式、书斋式以及风味式与和式等，其中佛山尤以茶楼式和庭院式最为时兴，茶楼式以名苑为代表，庭院式以粤园为代表。而我们的定位是集厅堂式、茶楼式、书斋式为一体的时尚化茶艺馆。

纵观国内及佛山目前的茶艺馆，可以发现在展现茶文化特色方面要从硬件和软件两方面入手。

在硬件的建筑方面，多数茶艺馆采用了大量的砖、瓦、原木等主要建材，所显现给来人的第一视觉感受是传统古朴的建筑感，或为江南园林的样式，或为北方茶馆的格局，不一而足，金禅茶艺颠覆传统理念，在视觉效果上穿梭于古典文化与时尚文化之间，张扬"古典文化的时尚载体、时尚文化的古典表现"，在使用传统元素时大胆、巧妙地与现代元素有机结合，以今天的眼光诠释昨天的艺术，用现代设计的形式演绎古典文化的精髓，为佛山提供更人文的茶文化传播，更时尚的新概念创意，更周到的高品质服务。

在与环境配套的软件方面，则力求茶艺与民俗、传统与现代的统一，运用唐、宋、明、清时期的装饰语汇——古龙门、石雕、木雕、花窗、古桌椅等组件。

现代功能：在相对安静的空间，将设计别致、典雅、精雕细镂的小方桌，配置投影仪、等离子电视、宽带接口、电脑等，提供全套现代商务服务，使其具有商务、沙龙、培训场所的功能，将传统家具与现代的商务设备相结合。

序

我们尽最大的努力
把这次难得的祖庙路改造
设计构思过程的工作草图如实地记录在其中

立足当代 品尝传统——感悟传统民居

　　在呼唤健康、亲和自然和领略科技的时代，在信息快速传递城市建设日新月异的时代，需思考我们生存空间的方方面面，重新审视传统民居的人文理念。每当步入天人合一的民居小院空间，通风采光、风调雨顺、吉祥和谐、人与自然相依为命的美感将无法割舍。关于传统民居，这些没有建筑师设计的建筑给我们留下了什么"财富"？什么内容值得我们去延续去继承？什么东西应当抛弃？我们最大可能地提炼、挖掘其健康向上和内在的精神，务实而科学的功能，让传统建筑重新附着当代人文、科技的内涵，但提炼、演变、恰如其分地运用祖先留给我们的文脉，需要我们设计师具备良好的综合素养。

　　在社会学家眼中，城市建筑形式反映了生活方式，它直接引导了生活在这个城市中的市民。美国建筑师沙里宁这样说："让我看看你的城市，我就能说出这个城市居民在文化上追求的是什么。同样，你告诉我你住在哪里，我就

可以知道你是什么样的人，你有什么样的品位和追求。"对于传统民居准确的定位我不在此细述，然而有了准确的定位，我们便有了清晰的方向，才能作出"好与不好"、"对与错"的判断。我们不应把自己变成一个从审美到购物都去赶时髦、追流行的"现代"人。应尽自己所能，去寻找和理解传统民居中隐藏着的内容，例如：冬暖夏凉的墙体，含有地气的地窖，科学的、风水尚佳的朝向等，将这些不可多得的"遗产"用现代的手段渲染、放大。这需要我们具备准确的预测力、判断力、可操性等综合能力。

温少安
2010年3月23日

314

佛山人的文化

建1078～1085

祖庙

—— 北宋以来的福气

佛山人的智慧

祖庙路——

公元2003 有历史 有文化 业兴旺 人向上 公元265

轻质蓬做屋顶

浅灰色条纹砖（特制）

灰色铝合金夹镀镜玻璃窗
（拆除防盗网改为内装）

深灰色条纹砖（特制）

灯箱广告牌

铸铁钢化玻璃栏杆

遮阳蓬布广告
（可以伸缩）

改造后立面　　　　　　　　改造前原貌

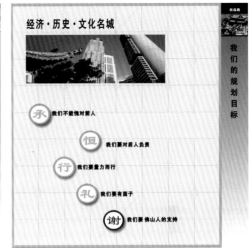

关于城市改造的论述

城市的定位和形象：

对城市经营者来说，定位是决定想象的，有了明确的定位，才有了评论形象的方向，才能做出"好看与不好看"的评语，因而城市定位就显得尤其重要。重要在其方向性，一旦确立，将会影响到城市的生命力；重要在其时效性，一旦确立，将会影响到几代人的共同努力；重要在其地位性，一旦确立，将会造成它在中国的影响力，甚至在世界的影响力。因而，我们提出了一些根本性的改造。如下沉车道祖庙广场概念、体育场内庙会的概念、佛山博物馆扩容的概念、牌坊门楼的建议、由佛山本土人和物来打造的概念、大佛山"誌"的提出。我们不满足于表面的修饰，我们希望给佛山带来生机，延续祖先的历史，留给后人一个努力的方向！

八大主张

第一部分：

祖庙路牌坊的概念……

祖庙路立牌坊，向世人宣布了：佛山人将以祖庙路为荣，确立了它的位置。

"我是佛山人"的概念……

表达全市人民万众一心建佛山，赞扬用智慧、勤劳之手建设新佛山，采用本土彩陶文化、手印图案来形象地体现我们肩负的重任。《我是佛山人》由此而诞生。

大佛山"誌"的概念……

为记载这次改造，延续传统文化，将2003大佛山"誌"载入史册，我们需要这个城市印记。

由佛山本土人和物来完成改造的概念……

所有用材均本土制造，这一理念是为证明佛山建材业的发达程度。其意义非常深远。

第二部分：

"空中新天地"概念……

上海新天地的成功，无疑是我们的榜样，其商业价值对祖庙来说太需要了，配置楼两侧的自动扶梯，升值是毫无疑问的。岭南地道的骑楼，在二楼露台观景品茶，绝非西洋人才懂得之美趣。

车流下沉的概念……

车道下沉式祖庙广场，人们将会有一个自由活动的空间，喷泉、鸽子、音乐。

新广场转换功能的概念……

新庙会的产生增加了再就业机会，丰富了经营与扩大了面积，更聚人气。

佛山博物馆扩容的概念……

原图书馆改为博物馆，丰富祖庙，增加内涵，突出佛山文明与历史。配置合理，减少拆建损失。

传统牌楼：

中国特有的一种规划语言，大多用以表达开始、引起重视、记录事件，是重要的建筑手段。除建筑本身之外，含义是非常深远的。通常有胜利、成功、祝福、长久、吉祥等寓意，后人将以它为骄傲。

我们终于有机会为佛山人的骄傲——祖庙路，设置一个牌楼了。

马头门

大佛山 "誌" 的故事：

为了纪念2003年大佛山的设立……
为了纪念几十年不遇的祖庙路改造……
为了弘扬具有悠久历史、陶瓷文化……
为了子孙后代拥有历史之情怀……
我们设计了大佛山 "誌"。

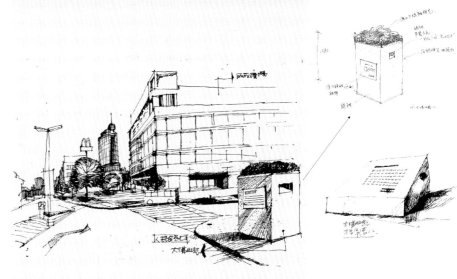

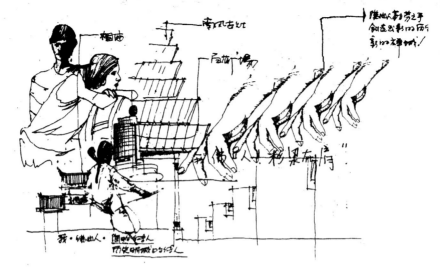

"我是佛山人"构思草图及全景效果图

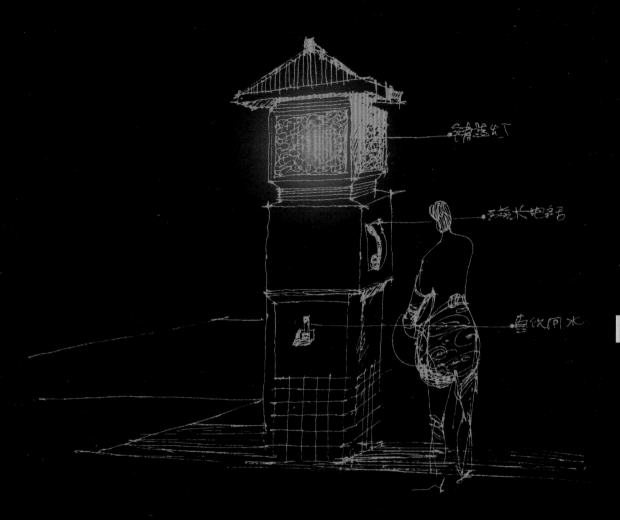

铸莲灯

玻璃水电话

直纹图水

铸庙灯构思草图

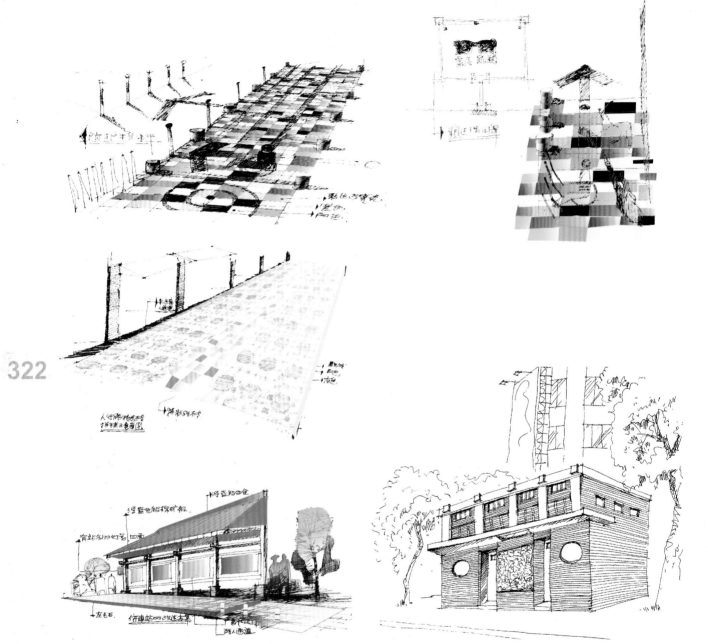

汽车站的故事

　　由于祖庙路作了较多的改造，汽车站的问题便突出了。现有的车站主要缺点是不遮阳，另外，也没有为残疾人作考虑。新车站已充分地满足了这些功能要求，风格也和整个祖庙路统一协调。

为什么叫1号

　　城市公用卫生间是文明的标志，祖庙路1号的由来是多数人习惯地把去卫生间形容成去1号。祖庙路的1号的内容应该讲点"星级"。

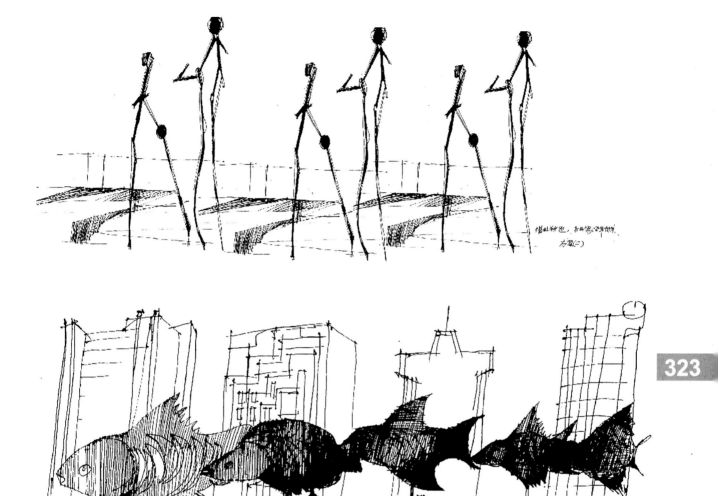

城市的活力存在于生活在里,并非置身里的人民,陆川私色来的日新月的高品计以果!
——私色陆棚横划图

没有讨厌的广告，只有真诚的服务。
没有建筑附着物，只有协调的色彩。
没有单调的招牌，只有创意的表达。
依靠材质的特性，再创全国卫生城。

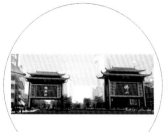
祖庙路牌楼

空中新天地

巷口小牌楼

祖庙广场

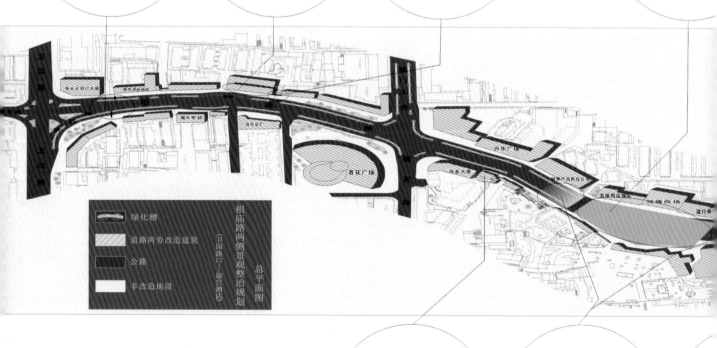

绿化槽
道路两旁改造建筑
公路
非改造地段

祖庙路两侧景观整治规划
（卫国路口—旋宫酒店）

总平面图

祖庙路1号

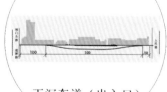
下沉车道（出入口）

原图

祖庙路总体规范平面

佛山秋色雕塑群

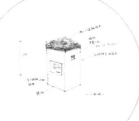

大佛山"誌"雕塑

我是佛山人牌楼

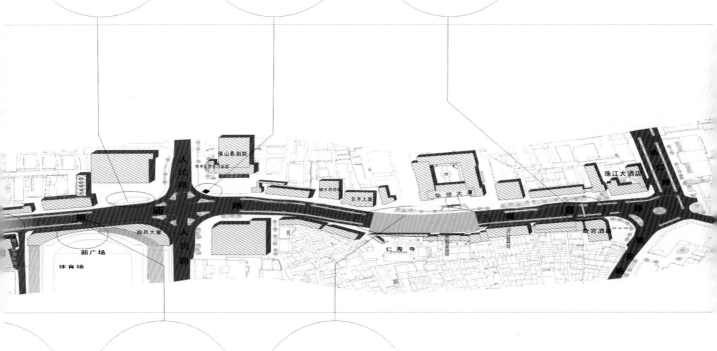

成博物馆

佛山宋城庙会

仁寿寺广场

祖庙路原貌、立面对照图（一）

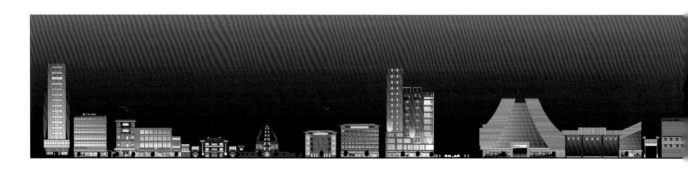

设计后立面夜景图（一）

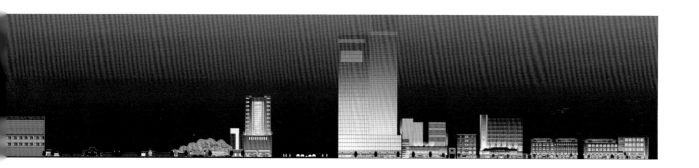

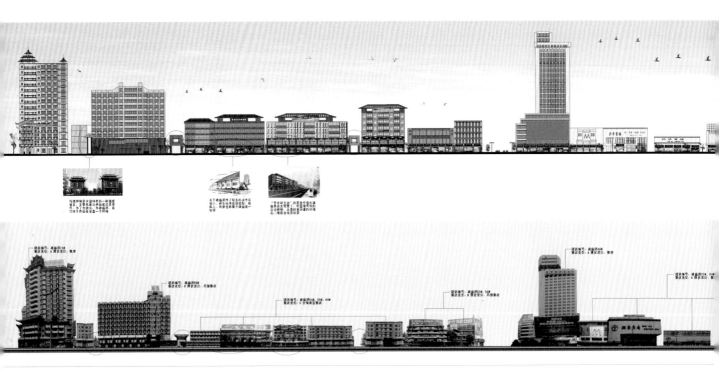

祖庙路原貌、立面对照图（二）

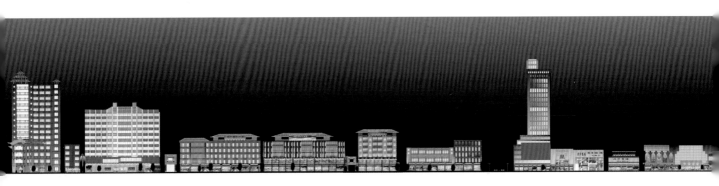

设计后立面夜景图（二）

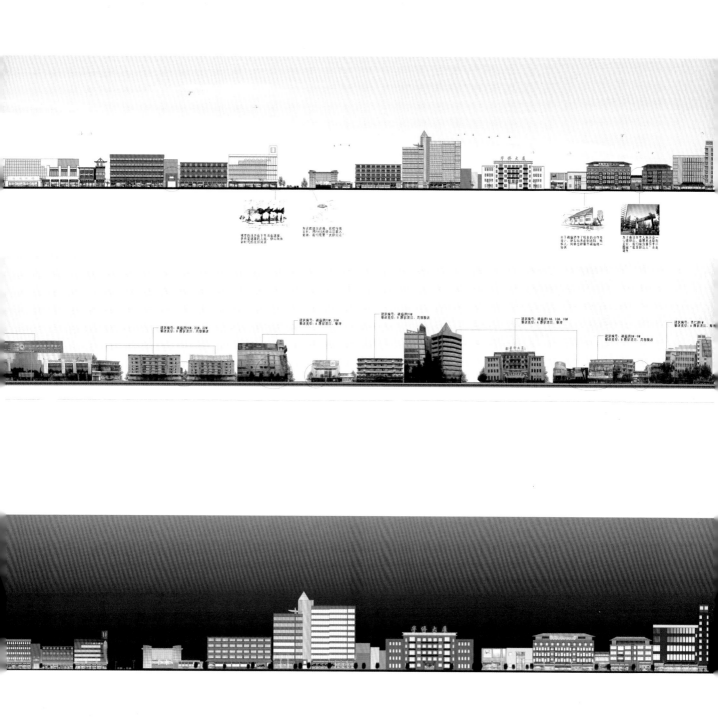

仁寿寺广场效果图：清代建筑　青石广场　老树积福

仁寿寺是祖庙路上唯一清代建筑，由祖庙至未来的博物馆、庙会、仁寿寺形成一个传统建筑群，强调和刻画的主题也随之形成，这样可以激活华侨大厦、珠江、旋宫酒店一带，为祖庙路上最为集中的几个酒店空间搭起了平台，聚旺人气。

街道日景图

街道夜景图（一）

祖庙广场夜景效果图

街道夜景图（二）

莲花路236号改造前

莲花路236号改造后

334

祖庙路58号改造前

祖庙路58号改造后夜景

祖庙路科宝改造前

祖庙路科宝改造后

335

改造后夜景

展望未来 延续历史 营造新祖庙路

——佛山起于晋 兴于唐宋 盛于明清

一、现状

我们立足于新百花广场门口四处张望，我们穿越了整个祖庙路，我们走进一些分叉小巷，寻找着什么？我们用锐利的眼光观察外来游人的表情，把自己想象成和他们一样。看到川流不息的车水人流，看到灯火辉煌的商业街热闹的氛围，同时也看到许多不堪入目的建筑外观悬挂物和生了锈的防盗网。

由北至南，有历史悠久的文化建筑，有高耸挺拔的现代建筑，也有说不清道不明的时代产物背景下的房子。常有人说：以不变应万变。但伟大的领袖教导我们：变是绝对的，不变是相对的。书上说：穷则变，变则通。我们儿时的偶像——孙悟空的口头禅是：变、变、变。

北京的王府井大街变了，上海的新天地变了。广州一年一小变，三年一中变。我们也要变，我们应该怎么变？我们的祖先早就说过：在同一个地方第二次摔倒的人是愚人。所谓吃一堑，长一智，佛山的文化商业街祖庙路，应该怎么变？是为历史名城穿衣戴帽呢，还是为佛山制造城市名片呢？我们没有看到。据北京的设计同行介绍，国务院专门下了通文，长安街两侧的新建筑物无论盖多高都必须有大屋顶，可见国家对中国建筑民族性的重视程度。只是如此之宽的道路要形成一股气势也并非容易。北京的王府井大街改得有味。有味就有味在它是新时代的老北京味。

二、设计的依据和原则

紧握着历史的文脉。佛山起于晋，得于唐，兴于宋，盛于明清。史书记载：唐宋时候，佛山的手工业、商业已经十分兴旺。明末清初，陶瓷、纺织、铸造、成药、工艺品已享誉南洋，跃居四大名镇之首。既兴于宋，便从宋入手。

祖庙路可以说代表着佛山的气质、形象和内涵。而整条街的改造在佛山尚属首次，没有多少经验可以借鉴。所有人都会认同这一观念。任何一个城市的发展必然会与这座城市的历史有关。而佛山这座与江西景德镇、河南朱仙镇、湖北汉口并称四大名镇的历史名城，很少能看见与其几百年历史相关的建筑风貌。我们常说：让我们的子孙后代不忘历史，不忘地域文化。可这座有过辉煌历史的老城留给我们的，能唤起我们回忆的空间形象实在太少。究其原因，实在复杂，但有一观点想和诸位达成共识：很多人都有过雄心，也有过壮志，而遇到了困境，尤其是来自精神方面的压力、疑惑，又有谁能像当年的许云峰和江姐那样视死如归，钢铁信念永不改变呢？

道路两旁的住宅墙体多为水磨青砖结构，全长112米，此为佛山旧城中的东华里。清代古道，岁月流逝，历经风雨，砖还是那么青，瓦还是那么绿。当你经过昔日留下的、所剩无几的老房子，灰麻石砌成之路面时，整齐归一的中轴线上清晰可见的石板已磨出了明显的凹痕。但正是这凹痕，印证着岁月，印证着变迁。所谓的老字号、百年沧桑，现代人嘴边讲的越老越值钱等，说明和表达着黄金价值甚高但总有个价，而历史、文化与精神无价这个深刻的道理。这条不长的老街里传出一段段往事，已不为世人所记，但给我们后人留下的却是永恒的回味……我们的先哲、文人们追寻的上乘不是与人的对话，而更多的是与物的对话，心与物的感应。现今的人们与古人相比，有更多的直接、更多的使用。整日忙忙碌碌，为了生计也无心与物对话，但毕竟有诗韵、有意境的街道和房子越来越少。伤感还是有些，伤感的同时，作为一个设计师，一个尚有良知的设计师，我深知机会终于来了。机会来得不早也不晚，更不容易。既然来了便应该毫不客气并尽全力去把握住它。作为佛山的现代人，能为弘扬一些地域文化，继承一些民族符号，表达一些岭南乡情，也算是我们的荣耀。如若获得实施，将是我等乃至整个佛山人民的福音。

宋代建筑是极具特点的，大多为直线，少雕饰，空间布局简单，材质简练，大都适合现代人的审美眼光，为营造2003年下新宋城祖庙路提供了良好的设计素材与背景。其色彩多为白、灰，少许黑，极具现代气息。只是需要加以提炼，并根据现实道路的尺度、现实建筑物的特点进行合理的搭配和划分。我们把这次改貌工程想象成为一次整形手术，那么，从何入手为好呢？既不伤其筋骨，又不影响其正常运作，还要数数钱包里有多少钞票。

新街景、新绿化、绿色、持久力量

　　据佛山年长的人说，过去的祖庙路叫香花路，因白兰花开放时散发的香味而得名，并且是市民和学校的学生义务劳动辛勤的结果，与中山公园的内湖一样是一铲一铲地挖出来的，她记录着一段历史，一段情感，我们希望延续这段历史和情感，更希望能使老树积福……

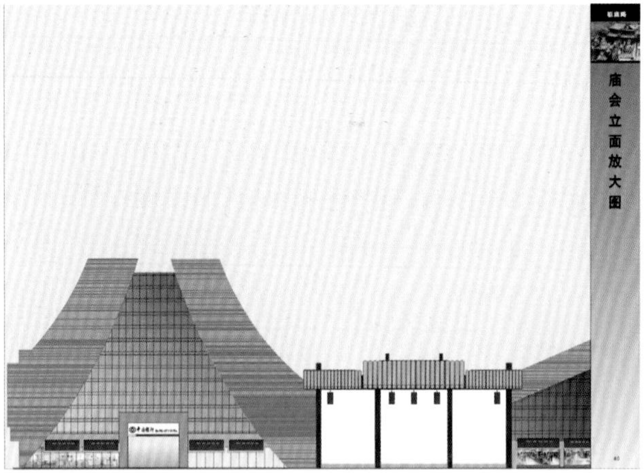

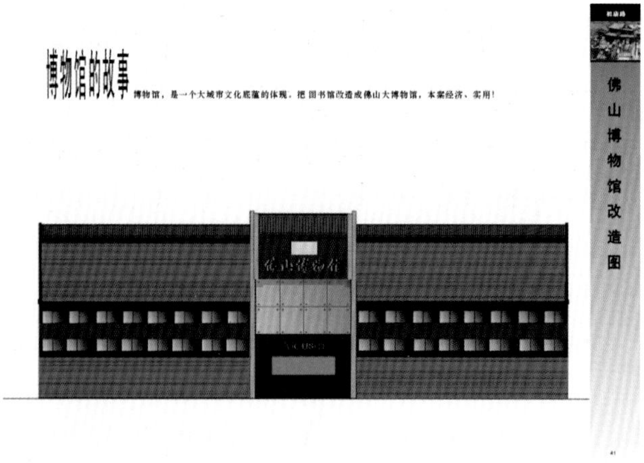

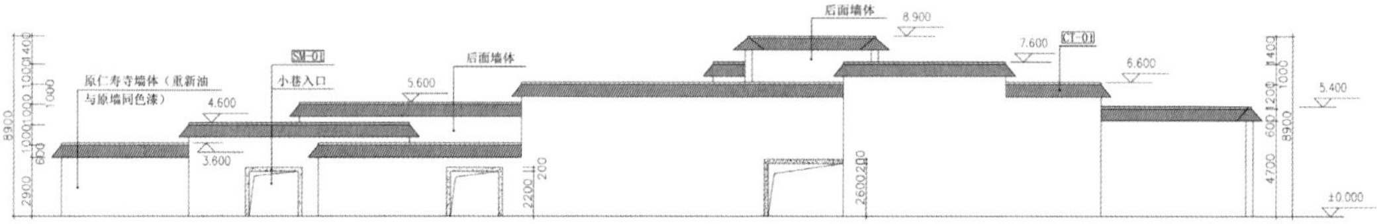

博物馆的故事

博物馆，是一个大城市文化底蕴的体现，把图书馆改造成佛山大博物馆，本案经济、实用！

338

仁寿寺广场墙体示意图 1:150

注：1.墙体标高暂定具体高度按现场建筑物高度。
2.墙体颜色及材质跟仁寿寺墙体一样。

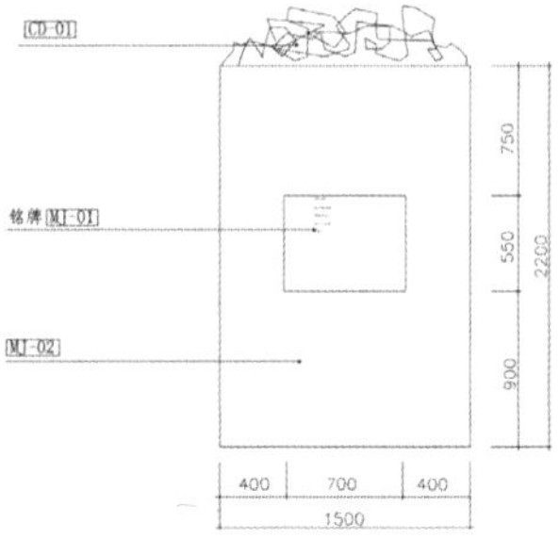

正立面图

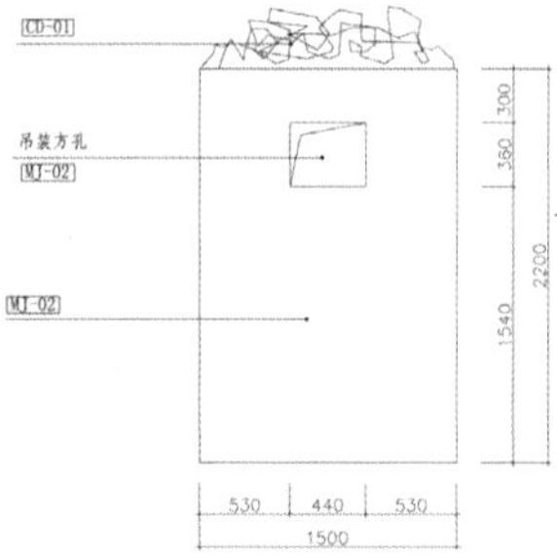

侧立面图

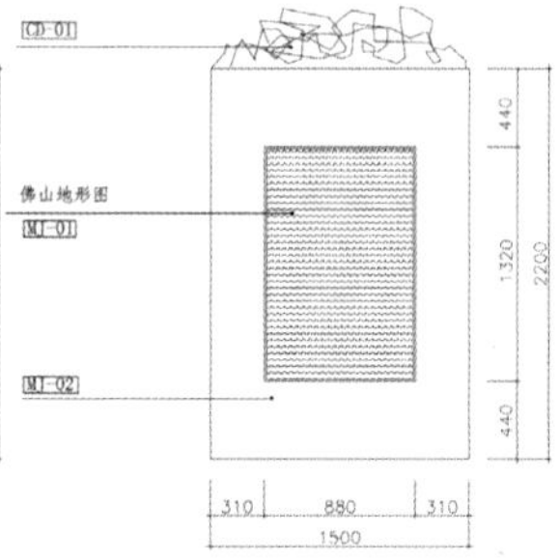

背立面图

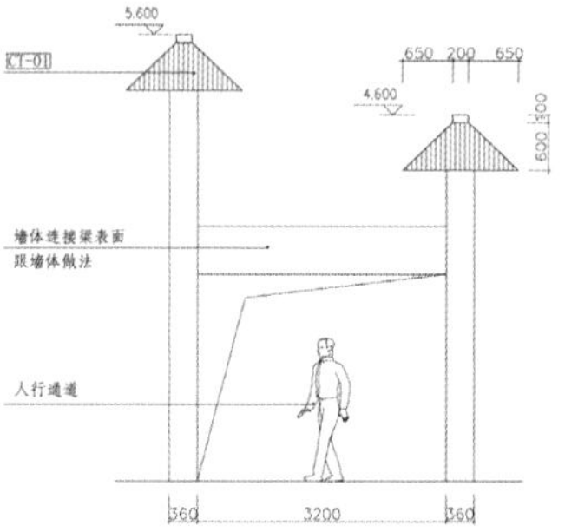

A-A剖面图

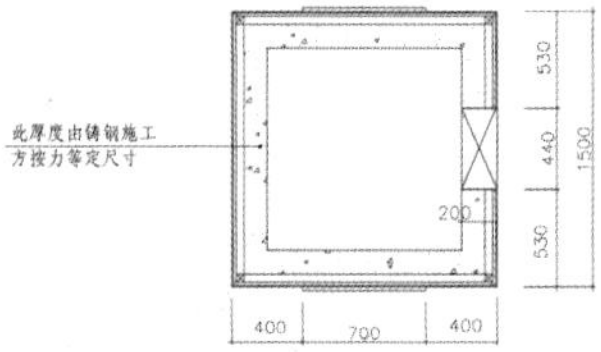

大佛山"誌"平面图

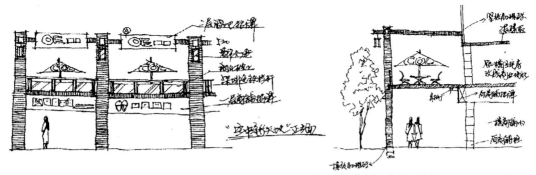

空中新天地

　　沐浴阳光，呼吸新鲜空气，我们祖先早就把亲近自然的理念引入到建筑中。最小的投入，极大地回报，商业价值无限。

　　"空中新天地"的建成可成为祖庙的亮点，又添一道风景线。露天茶座使祖庙路的商业味更浓，更多商铺面积可使住家迅速置换，从而带旺商品房，此举为佛山市民造福。

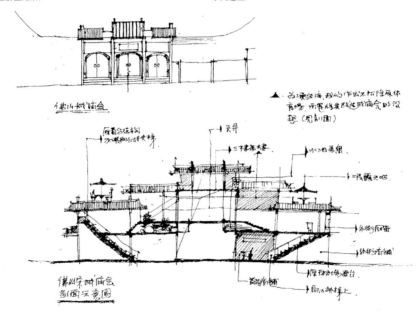

旧改令历史文化重新被认识，被欣赏

　　首先我要提出的一点是，大家如何看待上海新天地的文化现象这一点很重要。说起上海新天地，可以追溯到2003年上海新天地刚开张的时候，当时我就去参观过，对我的观念启发很大。可以说，上海新天地的内在亮点在于，把中国的、世界各国的、年少的、年长的、各种不同民族的人都吸引住了，做到这一点不容易。上海新天地对现今的祖庙东华里旧改项目的影响有直接的，但更为重要的是间接的……

　　在我的建议下，《祖庙路改貌方案》的提议中首先提出学习上海新天地物业置换的做法，当时禅城区区长林邦彦先生给予了高度重视，亲自组织区建设局的领导

与我前往参观学习。我认为，政府决定对祖庙东华里片区实施旧改的方法非常好。这个举动将会令多方受益，部分市民将会从简陋生活方式转向现代生活方式，而东华里甚至佛山的历史文化也将得到重新挖掘的意义又已不在其本身，在于城市整体传统文脉与现代文明并存的新景象即将诞生。

　　祖庙东华里片区与我以前参与过设计的祖庙路不一样。东华里是一个庞大的古旧建筑群，而祖庙路有八成以上的建筑是20世纪70年代后的建筑。然而当年对祖庙路的改貌计划，引发了佛山对旧建筑改造建筑的思考，也对祖庙东华里片区的整体改造有所启发，有所借鉴。

后 记

在设计的"海岸线"登陆

艾森豪威尔、巴顿将军、英吉利海峡、诺曼底……这些人名、地名是历史长河中不可忘却的记忆，是充满传奇的圣地。那场登陆的奇、快、硬，让当今战略家们为之感叹。据说负责驻守诺曼底的德国将军陪夫人过生日回国休假去了，他倒是真有雅兴。

60年后的今天，作为设计师职业的从事者有所思有所想，如果说每作一次徒手草图都成为一次创作登陆，每作一次消费休闲都成为一次积累的登陆，每作一次交流、市场调查就是一次储备的登陆，我们就储备了大量登陆所需的能量，这些能量对我们这代设计师来说实在是太重要了。学生时代的大学校园其实就是我们的训练基地。当我们的眼、手、心得到历练后，设计师们便如同刚出窝的小鸽子，在实习单位、工作岗位、社会上模仿着老鸽子登陆的样子。

陈旧的经验

一个设计师在受教育的同时，在走向社会，带着热忱的工作愿望走向工作岗位时，被早参加工作的人称为没经验的实习生，许多并不太重要的工作根本轮不到年轻而有创造力、想象力的新人做。眼巴巴地跟着已落后的和过时的观念积累所谓的"经验"，但当努力工作并戴上有经验的帽子后，你会发现自己少了许多创作的冲动。其实，随着新材料、新的安装工艺、新的工具出现时，旧材料、旧工艺也失去了经验的意义，自机械插秧大范围推广时，手工插秧如何才能快的经验还有用吗？我们不要受某些低下、陈旧、过时的经验所制约。因此，我们不应丢弃最初的天真和幼稚。

　　古书上说"十年磨一剑"，这把剑是把真实而有含义的宝剑，一把好剑需磨十年，成就一个好设计师需要多长时间？从学生时代到高级职称，从经验多了到创意少了，反反复复，用一代人的设计案例作为设计师的"磨刀石"。其实每个设计师都在这场看不见硝烟的工作战场努力"作战"，有人为取得成功总结了许多方法，也有人为失败找到了一些理由。设计师在成功或失败面前可以轻松而坦然，因为那要看成功或失败的结论由谁来做，也因为那仅仅是一个设计案例。军人则常讲"只许成功，不许失败"。成功也好，失败也好，设计登陆的失败或成功，重在积累，重在扩大知识面，丰富设计思想。因为登陆意味着占领，占领意味着拥有。设计师的创作登陆将会占领市场，拥有客户，消费、休闲的登陆将获得各种意外之喜，而储备的登陆将是我们思想灵魂的粮仓！所以，登陆的次数则显得尤其重要，用数次近似实战演习式的登陆换取一次高含量设计登陆才是我们真正的目的，也是我们追求的境界，并愿意为之付出代价。至于设计登陆的费用成本应认真计划，我们的运作成本不仅仅是笔、墨、彩色打印之类的费用，出国考察、入住高级酒店等也是设计成本的一部分，且是较为重要的一部分。随我国经济迅猛发展之势，建筑装饰业、建材设备业为我们提供了广阔的海岸线等待着我们尽早成功登陆。

　　20世纪80年代中期，22岁的我走进浙江美院环境艺术系学习室内设计，至今，从接触设计到运用设计，后成为职业设计师，转眼间20多个年头，不觉成为了中国室内设计行业发展的见证人之一。20年弹指一挥间，就像歌词里唱出那样"我用青春赌明天"……经过了20多年的实践、摸索，行业中这些年涌现出一批由核心设计师领军的设计公司，其中一些佼佼者也实现了从找项目到挑选适合自己设计的项目，在逐步走向成熟的设计行业里，在项目细分的变革中找到了自我完善后的角色，他们当中有的擅作酒店，有的擅长美术馆，有的专注主题餐馆，有的只作家居、办公、娱乐、商业专卖等。英雄不问出处。在设计行业发展的历程中，是他们用最短的时间，直逼或超越着早起步于我们的国家和地区，以超前的眼光和良好的修养，一边学习一边实践，在市场的磨砺中找出了许多失败的教训和成功的经验，从中告诫年轻一代设计师，少走弯路，将我们用20年积累沉淀的经验变成5年甚至更短。

牛奶中含有身体内不可缺少的钙质，设计师独特的见解和主张，尤其是属于中国设计师自己的精神是我们骨子里的钙质。

设计师的精神有着丰富的内涵，不同的设计师对此有着不同的理解，并紧随市场的变化而变化着。但对于已经进入成熟期并挑选设计项目的设计师而言，对于由广到专的设计师而言，独特的人文精神是这个群体持续成长与壮大过程中不可或缺的钙质。

在设计行业的变迁中，第一个十年是20世纪80年代改革开放的港台风，全国设计都处于模仿的"怪圈"中，进入90年代，中国设计师们开始思考和驾驭属于自己的舞台，在蝶舞的姿态中寻求了自我的蜕变。

进入千禧年，随着市场经济的快速提升，在室内设计行业开始逐渐走向成熟的进程中，设计师们的生存土壤开始肥沃起来。一批早期的设计师开始公司化、规模化团队建设，而新一代设计师们带着活跃的思维登场，并逐步用自己的灵气、案例建立自己的设计圈子，产生了良好的社会效益并成为行业的中流砥柱。

没人要的白杨树林

传说有个贪玩的农民，村子周围好用的地都被其他人承包了，只剩下村外一块什么也长不好没人要的白杨树林，村民们回家都绕过那片林子，因为林子里响尾蛇成群，无奈农民只能接受了这片林子。贪玩的他开始围养这批响尾蛇，结果蛇迅速伸延并成为当地赫赫有名的响尾蛇基地，药厂、鞋厂、皮具厂纷纷与其签约合作，游客及蛇肉罐头项目也紧随而至，发展速度和收益达到了自己已无法控制的地步。农民乐了，没多久村长和村民们把村名改成了——响尾蛇村。

这个快乐的农民重新诠释快乐的意义，不仅自己享受这份快乐，还带领全村乡亲与他共同快乐，用自己的智慧更是把"不利"变成"有利"。并充分利用自身独有的条件和资源发展壮大了，而这个点子其实就散落在眼前，只是别人从未尝试过。福斯狄克说："快乐的本质不是享受而是胜利。"所以在我们惯用的词汇中，对于"奇迹"的解释显然是不全面的，因为它让很多人不敢相信，自己也会成为那个创造"奇迹"的人。

设计的分类最好是随遇的、是可望的，更是可求的，而最好是去主动寻找那片"白杨树林"。

年 轮

年轮，从来都是默默地陪伴着我们，无论你是哪路战神，何方使者，有多么伟大，抑或多么渺小，花与草、人与兽。在年轮前，世间万物，随之举，随之落……

年轮，开心时常被忘记，忧伤时才会被想起。年轻时虚度光阴，年老时方知"寸金难买寸光阴"……喜听《三百六十五里路》那首歌的大多不都是年过半百之人吗……

年轮，小学一年级的小孩变成了高三的大孩，她学会了上网和打牌。渴望她能牢记历史的情怀……望女成凤之感突然盈满了我的心。

年轮，对于年长者来说，他们喜欢捕捉久违了的那份悠闲，内心多是思念逝去的记忆，然而的确惧怕苍老。对于年轻者来说，总爱憧憬未来。年长者努力不被或推迟些被拍在沙滩上，而年轻者总是一浪更比一浪强。

年轮，往大里说，二十年间发生了多少大事，值得人们记录、回顾、思考……往小里说，二十年在历史的长河中仅是一滴水，而我们记忆中的琐事更如同过往云烟转瞬即逝……

二十个年轮，转眼过去了。

家有小女初长成，小孩变成少女，进入追逐梦想的一代新人。儿时，接受父母的"皮肉教育"，现今没机会也不敢使用"家庭暴力"。学唱戏时识得"有板有眼，字正腔圆"，现在审美却多了许多变声变形。建筑师的房子也往"歪"里盖，网上还有流行语叫什么"爽歪歪"……

这二十年间，看佛山建筑设计院，过去活跃得近乎"生猛"的设计前辈们，现今，有的已退休，有的却永远退出了我们的视线。过去我常为设计得不到认可而烦恼，而现在年轻的设计师们最困扰的是如何创新。此时，空间的、概念的年轮转换仅在毫厘之间。

如今，佛山树多了，路多了，蓝天白云也多了，房产的平方价更是涨了，各路有识之士入住率随之攀升。此时的我总认为随着祖国的发展和社会的进步而进步，多思考、勤总结是件幸福而快乐的事。

出本书没什么，好玩。天南地北，杂七杂八胡乱抡了两斧子，有点像搞促销的叫喊着什么"走过路过不要错过"，在此，把路过时见到的东西拿给大家看看，仅此而已。

说到此，本书将画上句号，伟大领袖毛主席教导我们说"虚心使人进步"，若知本人是否进步，自然是且听下回分解。

温少安
2010年3月于禅城

致谢：

吴家骅老师、陈耀光师兄、梅文鼎大师、封伟民大师、李栋华先生、徐永鹏先生、沈少娟女士、稀　选先生、徐永惠女士、陈碧霞女士、杜淑娴女士、贾德勤贤妻、温喻涵女儿

图书在版编目(CIP)数据

勤学务实：温少安作品集 / 世界建筑导报社编著.
—沈阳：辽宁科学技术出版社，2010.5
ISBN 978-7-5381-6474-9

Ⅰ．① 勤… Ⅱ．① 世… Ⅲ．① 室内设计-文集
② 室内设计-作品集-中国-现代 Ⅳ．① TU238

中国版本图书馆CIP数据核字（2010）第085731号

出版发行：辽宁科学技术出版社
　　　　　（地址：沈阳市和平区十一纬路29号 邮编：110003）
印　刷　者：佛山市吉美印刷有限公司
经　销　者：各地新华书店
幅面尺寸：200mm×200mm
印　　张：17.5
插　　页：4
字　　数：30千字
印　　数：1~1550
出版时间：2010年5月第1版
印刷时间：2010年5月第1次印刷
责任编辑：郭　健
封面设计：世界建筑导报社
版式设计：沈少娟
责任校对：徐　跃
书　　号：ISBN 978-7-5381-6474-9
定　　价：350.00元

联系电话：024-23284536
邮购热线：0757-83208116
E-mail:rainbow_editor@163.com

佛山市温少安建筑装饰设计有限公司
地址：佛山市禅城区唐园东三街32号运通大厦802-804室
邮编：528000
网址：http://www.wenshaoan.com